PRADTIANA.

NOUVELLE COLLECTION D'*ANA*.

M. DE PRADT,

Ex-Archevêque de Malines, Ex-Aumônier du Dieu Mars, &c.

PRADTIANA,

OU

RECUEIL DES PENSÉES, RÉFLEXIONS ET OPINIONS POLITIQUES,

DE M. L'ABBÉ DE PRADT,

Ex-grand-vicaire de l'archevêque de Rouen, ex-aumônier du dieu Mars, ex-archevêque de Malines, ex-ambassadeur dans le grand-duché de Varsovie;

Entremêlé de quelques anecdotes aussi curieuses qu'amusantes, et précédé d'une notice biographique sur la vie et les ouvrages de cet écrivain politique;

PAR COUSIN D'AVALON.

In memoriâ æterna erit...

PARIS,

CHEZ PLANCHER, LIBRAIRE, QUAI SAINT-MICHEL, MAISON DES CINQ ARCADES.

1820.

IMPRIMERIE DE VIGOR RENAUDIÈRE,
MARCHÉ-NEUF, N° 48.

PRÉFACE.

En France, aujourd'hui, chacun se croit obligé de parler ou d'écrire sur la politique. C'est une manie qui agite tous les esprits, et qui s'est glissée jusque dans le clergé, depuis le sacristain d'une simple paroisse de village, jusqu'à l'archevêque d'une cathédrale.

Nous avons plus de cent abbés, qui, au lieu de dire la messe, de chanter les vêpres et d'instruire les fidèles, ont trouvé beaucoup plus lucratif et plus amusant de disserter à tort et à travers sur les intérêts des princes et des peuples. Ces Messieurs se sont érigés en petits Grotius modernes, et du fond de leurs cabinets dictent des leçons à l'univers. Ils connaissent tout, ils savent tout, ils n'ignorent de rien, excepté de tout ce qui a rapport à leurs devoirs.

Parmi ces abbés, il faut distinguer M. l'abbé de Pradt: 25 à 30 vol. in-8°. de conceptions politiques (1), attesteront à nos derniers neveux que ce ministre de

(1) Si l'archevêque de Malines peut vivre encore dix ans, nul doute que la somme de ses productions n'égale celle de feu Rétif de la Bretonne.

l'Évangile n'avait pas reçu les grâces de son état, et qu'il était destiné à s'occuper de plus hauts intérêts que de ceux de la religion.

Cet aumônier du dieu Mars a fait tout ce qu'il a pu pour parvenir à être ministre, et sans les événemens qui ont contrarié son ambition et sa marche, il est presque certain qu'il aurait atteint le but de ses désirs. Mais le sort en a ordonné autrement. Déchu de toutes ses prétentions, au terme de toutes ses espérances, M. de Pradt, pour qui le repos est une fatigue, et l'obscurité un tourment, désespérant d'être appelé à la manutention des affaires du gouvernement, a cru qu'il

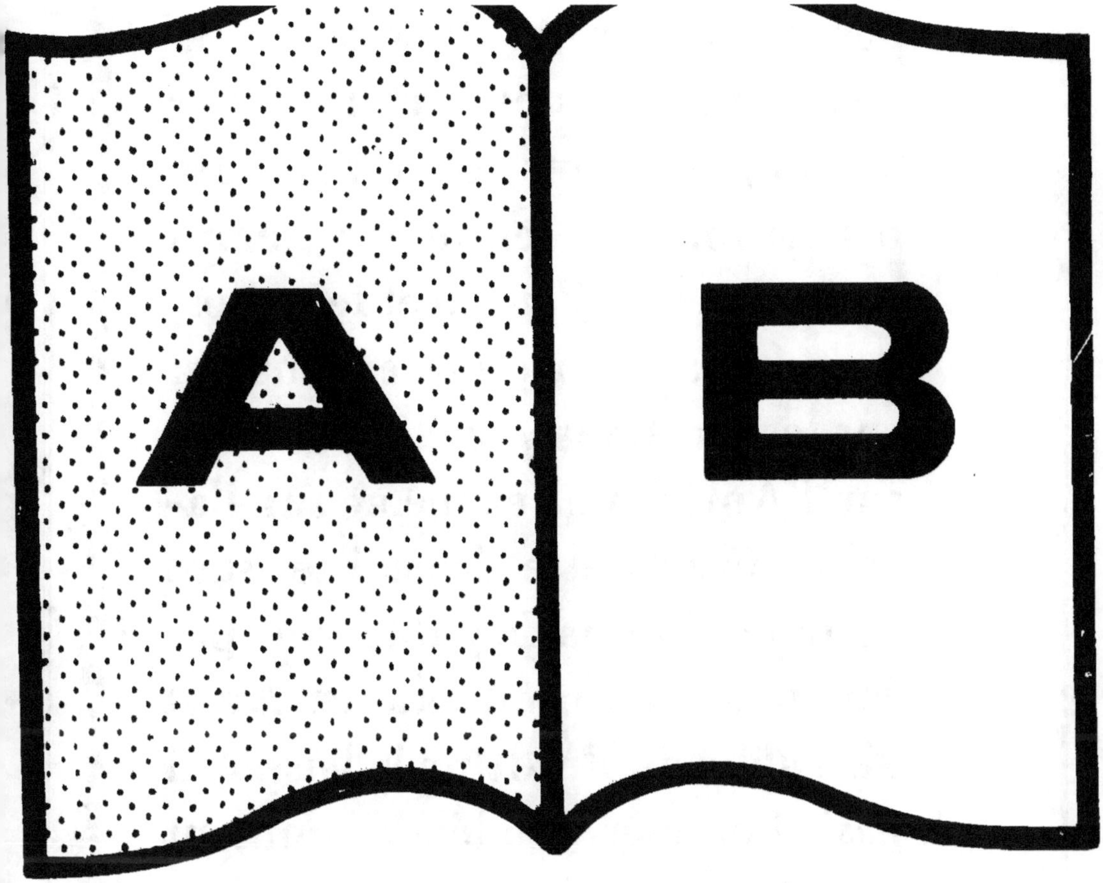

Contraste insuffisant

NF Z 43-120-14

pouvait se donner la mission de régenter les rois et d'endoctriner les peuples. Dans cette heureuse persuasion, et en même temps pour charmer l'ennui et le temps, il s'est mis à écrire sur les congrès, sur les élections, sur les colonies, sur l'Amérique, et même sur l'agriculture. Cette fécondité sans exemple étonna le public qui parut goûter ses productions. Aussi M. l'abbé de Pradt ne le laissa-t-il pas chommer. Indépendamment de la célébrité qu'il attachait à son nom, et comme écrivain, et comm publiciste, il trouvait que ...gent de ce même public était bon à recevoir, et qu'il gagnait beaucoup à échanger ses élucubrations politiques contre des espèces sonnantes. Comme le métier lui semble excellent, il est à présumer que M. l'abbé de Pradt qui n'a pas fait le vœu de renoncer aux richesses et aux pompes de ce monde, l'exercera jusqu'au moment où il sera appelé à un archevêché : c'est ce que nous lui souhaitons.

En rédigeant ce petit ouvrage, notre but a été de faire connaître un grand personnage qui a joué un grand rôle sous le dieu Mars, et dont le nom figurera un jour dans nos annales : en conséquence nous avons compulsé les journaux et les brochures du temps ; nous avons recueilli les anecdotes qui concernent l'ex-archevêque de Malines; en publiant quelques fragmens de ses écrits, nous l'avons opposé quelquefois à lui-même, et le tout pour donner une idée positive du caractère et des opinions d'un abbé, d'un archevêque et d'un ambassadeur.

NOTICE BIOGRAPHIQUE

Sur M. l'abbé DE PRADT, *ancien archevêque de Malines, ex-ambassadeur à Varsovie.*

DOMINIQUE DUFOUR DE PRADT, né à Allanches, département du Cantal, ci-devant Auvergne, le 23 avril 1759, entra dans les ordres, et se distingua dans son cours de théologie, dans lequel il fit entrevoir, par sa manière de raisonner et d'argumenter, ce qu'il deviendrait un jour dans une autre science, si jamais les circonstances le portaient sur un théâtre plus vaste et plus propre à développer ses talens.

Nommé avant la révolution, grand-vicaire du cardinal-archevêque de Rouen, M. de la Rochefoucault, il fit quelques mandemens, qu'on a oubliés depuis long-temps, et qui méritaient de l'être, par la négligence que leur auteur apporta dans leur rédaction.

Aux États-Généraux de 1789, il fut député du clergé de Normandie : n'étant pas orateur, il ne se fit pas remarquer dans cette assemblée par des discours de tribune; il se contenta quelquefois de parler de sa place, et toujours dans les principes du plus entier dévouement à la monarchie.

Après avoir signé les différentes protestations du côté droit, il se rendit dans l'étranger, aussitôt après la session. Ce fut à Hambourg qu'il se fixa, et où il attendit avec patience la suite des événemens de la révolution, pour se déterminer à prendre un parti favorable à ses intérêts.

Ce fut dans cette ville qu'il écrivit et publia, en 1798, sous le voile de l'anonyme, son *Antidote au congrès de Rastadt*, dans lequel il s'éleva fortement contre les principes révolutionnaires. Cet ouvrage fut réimprimé plusieurs fois dans la même année, et commença la réputation de l'auteur, qui devait un jour écrire contre les principes qu'il avait établis dans cette brochure.

Deux ans aprés, l'abbé de Pradt fit paraître, et toujours sous le voile de l'anonyme, un ouvrage intitulé : *La Prusse et sa neutralité*, qui eut le même succès que son *Antidote au congrès de Rastadt*, et écrit dans les mêmes principes. « Si ces » deux brochures, dit un pu- » bliciste, ne déterminèrent pas » la coalition qui se forma alors » contre la république française, » au moins servirent-elles beau- » coup à la justifier ».

Quoi qu'il en soit, après le 18 brumaire, M. l'abbé de Pradt rentra en France, et il y publia sous son nom, *Les trois âges des Colonies*, ouvrage qui eut peu de succès, et dont on ne s'occupa guère en France, parce que des intérêts plus graves attiraient alors toute l'attention de ceux qui se trouvaient froissés par une révolution, qui ne leur permettait pas de porter leurs regards au de-là des mers.

M. l'abbé de Pradt ne s'était pas enrichi dans son émigration. Revenu en France, presque sans ressources, et n'ayant pas à se louer de son attachement à la cause de l'ancienne monarchie, il crut devoir tirer de ses talens un parti plus avantageux. Son cousin, le maréchal Duroc (1), le présenta à Napoléon, qui en fut très-content, et le nomma aussitôt son premier aumônier. Ce fut en cette qualité qu'il assista au couronnement de l'empereur, au mois de décembre 1804, et qu'il prononça un discours, où il n'épargna point l'encens à son idole.

Lancé dans la carrière des honneurs et des dignités, l'abbé de Pradt ne tarda pas à être élevé peu de temps après à l'évêché de Poitiers, et à recevoir le titre de baron

(1) Un des amis de cœur de Napoléon, à ce que l'on prétend, né à Pont-à-Mousson, en 1772 : il fut tué d'un boulet de canon, le 22 mai 1813, dans les champs de Bautzen.

avec une gratification de 40,000 fr. Le pape Pie VII, le sacra lui-même à Paris, le 2 février 1805.

Le nouvel évêque ne fit pas un long séjour dans son diocèse. Le cours des événemens, et surtout son ambition, le ramenèrent à la cour de l'Empereur, où resté aumônier du dieu Mars, comme il le dit lui même, il accompagna son maître à Milan, lors de son couronnement comme Roi d'Italie, et officia pontificalement à la cérémonie.

Comme un des conseillers politiques de Napoléon, il suivit encore ce dernier à Bayonne, en 1808, et il y eut beaucoup de part aux conférences qui amenèrent la ruine et l'emprisonnement de Charles IV et de sa famille ; ce qui lui valut une nouvelle gratification de 50,000. M. l'abbé de Pradt prétend, dans une de ses brochures, qu'il fit tout ce qui était en son pouvoir pour contrebarrer, ou plutôt pour faire renoncer Napoléon à son projet, mais que ses efforts furent vains. C'est ce que nous ne nous permettrons pas de discuter, parce qu'une telle discussion pourrait amener des révélations, qui ne peuvent être authentiques, que lorsqu'elles ont été épurées par le temps et le burin de l'histoire.

Napoléon qui n'avait qu'à se louer de son aumônier, plus habile à rédiger une note diplomatique, qu'à faire un mandement ou une lettre pastorale, lui témoigna de nouveau sa reconnaissance, en le nommant en février 1809, archevêque de Malines, puis officier de la légion d'honneur, enfin en lui faisant remettre une troisième gratification de 30,000 fr. L'argent est bon dans tous les temps, et M. l'abbé de Pradt le sait mieux qu'un autre; reste maintenant à savoir si, comme un des chefs de l'Église, et comme aumônier du dieu Mars, il faisait des aumônes. Si l'on voulait s'en rapporter à la chronique scandaleuse du temps, et surtout aux Polonais, pendant son ambassade, il paraîtrait que la générosité n'était pas une des principales vertus du prélat : on lui a même reproché de la mesquinerie et de la lésinerie, lorsqu'il s'agissait de montrer de la grandeur dans ses actions et dans ses largesses.

En 1811, M. de Pradt fut envoyé à Savonne auprès du Pape, et il s'est vanté de s'être donné beaucoup de mouvement pour faire rouvrir le concile de cette année.

Comme les éclairs de la faveur sont passagers, l'archevêque parut, quelque temps après, en avoir perdu un peu auprès de son maître; ce qui le détermina à retourner dans son diocèse, où les chanoines avaient refusé de le reconnaître, parce qu'il ne put leur produire ses lettres d'institution, Napoléon les ayant renvoyées à Rome, parce qu'elles étaient conçues dans une forme qui lui avait déplu.

En 1812, la protection de son cousin Duroc, rétablit l'abbé de Pradt dans les bonnes grâces de Napoléon, qui le nomma son ambassadeur dans le grand duché de Varsovie. Le prélat fit alors ses adieux aux chanoines, dont il avait à se plaindre, à ses ouailles qui ne le regretèrent pas beaucoup, et s'éloigna de son diocèse pour commencer un nouveau rôle, et bien au-dessus de tous ceux qu'il avait joués jusqu'alors. Il occupa la place d'ambassadeur pendant toute la funeste campagne de Russie, et il s'y conduisit de manière à ne contenter personne. Les Polonais se sont plaint de lui amèrement, et leurs plaintes paraissent fondées : les militaires français ne s'en sont pas loués ; leurs reproches sont assez justes, et Napoléon a dit, ainsi que M. de Pradt l'a raporté lui-même, *que, sans un homme* (cet homme était l'archevêque de Malines), *il eût fait la conquête du monde* (1). Quelques

(1) Quel que soit le degré de confiance que l'on doive ajouter aux assertions de l'abbé de Pradt, nous doutons que Napoléon ait dit une pareille sottise. Croyons plutôt qu'une

violens que dussent être, dans l'esprit de Napoléon, les regrets d'un pareil mécompte, il paraît que, lorsqu'il passa par Varsovie, après le désastre de Moscou, il traita assez bien son ambassadeur, s'il faut s'en rapporter à l'ambassadeur lui-même. Le récit que l'abbé de Pradt fait de cette entrevue, est une des parties les plus piquantes de son histoire de cette ambassade, et il est d'autant plus remarquable que l'auteur ne représente pas toujours avec les mêm s couleurs celui dont il fut si long-temps l'admirateur et le panégyriste outré.

---

pareille forfanterie est de l'invention de l'archevêque, qui voulait attacher à sa personne une importance qui n'est que ridicule.

A l'approche des Russes, M. l'abbé de Pradt quitta Varsovie, et en homme qui ne perd pas la tête dans les circonstances les plus critiques, il fit vendre ou plutôt il vendit par lui-même tout le mobilier de l'ambassade, en y comprenant même les torchons et les tabliers de la cuisine, et même la livrée de ses gens, dont il tira une assez forte somme. M. Gley, dans son *Voyage en Allemagne*, a raconté d'une manière fort piquante les détails curieux de cette vente (1).

De retour en France, M. l'abbé

(1) Nous rapportons, dans le cours de cette brochure, quelques extraits de ce voyage, relatifs à l'archevêque de Malines.

de Pradt, qui n'avait plus rien à faire, alla passer quelques mois dans son diocèse, pour examiner de loin et à loisir la suite des événemens, puis il vint dans la capitale où il se trouva au commencement de 1814.

S'il faut ajouter foi à quelques journaux, les variations imprévues de succès et de défaites, qu'éprouvèrent alors les armes de Napoléon, placèrent son aumônier dans une grande perplexité, et le firent souvent changer de langage dans la même journée; ce qu'il est facile de présumer, d'après les premiers documens qu'il avait donnés sur sa mobilité et la versatilité de ses opinions: au reste, la prudence n'est pas défendue, et il est toujours essentiel de se prémunir contre l'inconstance de la fortune et les caprices du sort.

Il est avec le ciel des accommodemens!

Le 31 mars, au moment de l'entrée des Russes, l'abbé de Pradt, dit-on, se montra royaliste; il a même prétendu, dans son histoire de cette journée, que ce fut par ses avis que les souverains alliés se déterminèrent à rompre entièrement avec Napoléon, et à rétablir les Bourbons, et que l'Empereur de Russie fit à l'instant publier la fameuse déclaration où tout cela était annoncé. Mais des témoins oculaires ont indiqué un petit anachronisme dans ce récit, c'est que la déclaration que M. l'abbé de Pradt dit avoir ainsi déterminée dans une conférence qui eut lieu à trois heures après midi, était déjà imprimée à deux heures ; ce qui peut faire croire que quelques unes des assertions de l'ex-ambassadeur ne sont pas toujours marquées au coin de la vérité.

Quoi qu'il en soit des services que l'abbé de Pradt prétend avoir rendus, à cette époque, au gouvernement royal, il est certain qu'il en fut bien traité, puisqu'aussitôt après la chute de Napoléon, le gouvernement provisoire lui donna un emploi qui semble destiné exclusivement à un ancien mili-

Reliure serrée

taire, celui de grand-chancelier de la légion d'honneur.

Un vieux proverbe dit : *Les jours se suivent, mais ne se ressemblent pas.* Une décision un peu brusque et sévère, relativement à l'établissement de St.-Cyr, fit bientôt éprouver une petite disgrâce à M. l'archevêque de Malines; ce qui l'engagea à aller passer quelques mois dans ses terres d'Auvergne, où il employa ses loisirs à esquisser les plans de quelques brochures. Il paraît qu'il se trouvait encore dans cette retraite à l'époque du retour de Napoléon au mois de mars 1815. Ce qu'il y a de sûr, c'est qu'on n'entendit point parler de lui, tant que dura l'absence du roi, et qu'il ne vint point réclamer auprès de son ancien maître sa place de grand-aumônier.

Après le retour de Sa Majesté, on dit qu'il s'agita un peu pour arriver à quelques emplois, et pour recouvrer sa place de grand-chancelier. Ses démarches furent infructueuses; la place fut donnée au maréchal Macdonal.

Comme ses droits au siége de Malines, par l'effet des circonstances, et surtout par les refus de la cour de Rome, étaient devenus fort équivoques, M. l'abbé de Pradt vendit vers la même époque ces mêmes droits, moyennant une rente de 10,000 fr. Voilà ce qui s'appelle tirer parti de tout, et s'arranger le mieux possible dans le meilleur des mondes.

Ce prélat, n'ayant plus d'âmes chrétiennes à diriger, ni de notes diplomatiques à rédiger pour le bien des peuples, se mit à composer des brochures, dans lesquelles il s'établit suprême conseiller des rois et des nations. Ces brochures eurent un succès prodigieux, et rapportèrent à l'auteur plus de bénéfice que son archevêché et son ambassade à Varsovie.

Une de ces brochures qu'il publia en 1820, sur l'affaire des élections, lui attira un procès. Sorti victorieux de la lutte qu'il avait eue à soutenir contre les tribunaux,

M. de Pradt se hâta de faire part lui-même au public de son affaire, des débats qui avaient eu lieu et du jugement, sans oublier les raisonnemens et les observations qui devaient nécessairement découler de la discussion de sa cause. Nous donnerons un aperçu un peu plus étendu de sa brochure, à la fin de cet ouvrage. Il nous reste maintenant à donner la nomenclature de tous les ouvrages que l'abbé de Pradt a publiés jusqu'à ce jour.

1°. *Antidote au Congrès de Rastadt;* Hambourg, 1798, in-8°. réimprimé à la même époque à Paris, en Suisse; et en 1817, avec un autre de ses ouvrages, *la Prusse et sa neutralité*. Cette brochure fit une grande sensation, et laissa entrevoir que son auteur avait en politique des vues nouvelles et des aperçus pleins de sagacité.

2°. *La Prusse et sa neutralité*, 1802, in-8°. Cette brochure eut le même succès que *l'Antidote au Congrès de Rastadt*, et annonça au monde entier le Grotius moderne.

3°. *Les trois âges des Colonies, ou de leur état passé, présent et avenir*; Paris, 1801, 3 vol. in-8°. Cet ouvrage très-volumineux ne produisit pas l'effet que l'auteur s'en était promis; il fut vivement critiqué; on prétendit même que l'historien des colonies ne connaissait rien au sujet qu'il avait traité.

4°. *De l'Etat de la culture en France, et des améliorations dont elle était susceptible*, 1802, 2 vol. in-8°. M. l'abbé de Pradt prouva par cet ouvrage, qu'il n'en était pas de la culture comme de la politique; qu'il pouvait assez bien raisonner dans cette dernière science, mais qu'il n'entendait absolument rien à la dernière.

5°. *Voyage agronomique en Auvergne*, 1803, 2 vol. in-8°. Cet ouvrage n'eut pas de succès, par une raison très-simple, c'est qu'on ne peut guère ajouter de foi à des personnes qui font de l'agriculture en chambre.

6°. *Discours prononcé par M. l'archevêque de Malines dans l'Église métropolitaine de Paris, le premier décembre* 1811, *pour l'anniversaire du couronnement* de S. M. I. et R. Paris, de l'Imprimerie impériale, décembre 1811, in-8°.

7°. *Histoire de l'ambassade dans le Grand-Duché de Varsovie, en* 1812; 1815, in-8°; 8e. édit. 1817, in-8°. Le succès prodigieux qu'eut cette brochure, faillit faire tourner la tête à l'archevêque de Malines. Quelques personnes, cependant, furent scandalisées de la manière outrageante avec laquelle il traitait celui qu'il avait encensè auparavant comme le premier génie du siècle. Napoléon ne fut pas le seul immolé dans cette brochure, il attaqua aussi le duc de Bassano, et le comte polonais Morski : ce dernier, dont M. de Pradt avait fait un portrait peu flatteur, fit paraître en 1815, une réponse intitulée : *Lettre à M. l'abbé de Pradt*, dans laquelle il ménageait à son tour fort peu M. l'Ambassadeur.

8°. *Du Congrès de Vienne*, 1815, 2 vol. in-8°; 2e. édit., 1816, 2 vol. in-8°.; traduit en anglais, Londres, 1816, in-8°. Dans la préface de cet ouvrage, l'auteur prétend que l'Europe, dans son état actuel, n'a plus que trois grands intérêts : 1°. Le désarmement et l'amortissement de l'esprit militaire ; 2°. l'affermissement du bon ordre en France ; 4°. la fin des troubles de l'Amérique espagnole, par l'émancipation générale de cette contrée. Le *Congrès de Vienne* fut vivement critiqué par les journaux *ultrà*, et reçut de grands éloges des journalistes libéraux. C'est à la page 65 de cet ouvrage, qu'on lit l'espèce de post-scriptum suivant:

« La défaveur dans laquelle les idées libérales sont tombées, ne nous a pas détourné de leur rendre hommage. Si l'on a beaucoup abusé de leur nom, en revanche, on a mis une grande sobriété dans leur application; car nous ne connaissons pas une idée libérale dont on ait fait une application véritable depuis 25 ans.

« La raison et la justice, ces deux sœurs inséparables, n'exigent-elles pas de ne point confondre les idées libérales avec la malfaçon de leurs metteurs en œuvre?.... Autre chose l'étoffe, autre chose l'ouvrier qui la travaille.

« D'ailleurs, ceux qui rient si fort à leur aise des idées libérales, devraient un peu s'occuper de leurs intérêts personnels, et penser qu'il pourrait arriver qu'on se permît aussi de rire d'eux. En pareil cas, le plus sûr est de ne pas commencer (1).

9°. *Mémoires historiques sur la révolution d'Espagne*, 1816, in-8°., 3e. édit.; traduits en espagnol, Bayonne. Ces mémoires peuvent être considérés comme de bons matériaux pour l'histoire, en prenant la précaution d'élaguer avec soin tout ce qui porte la livrée de parti, et les assertions un peu hasardées des causes prétendues de cette révolution.

10°. *Récit historique sur la restauration de la Royauté en*

---

(1) M. de Pradt vendit cet ouvrage à MM. Déterville et Delaunay, moyennant la somme de dix mille francs, pour lui, et *cinquante francs pour ses domestiques.*

France, le 31 mars 1814; 1816, in-8°. Dans ce récit, M. l'abbé de Pradt n'a pas montré cette impartialité qui, selon lui, caractérise toutes ses productions : comme il prétend y avoir joué un rôle, on doit aisément présumer qu'il a arrangé ce rôle à son plus grand avantage, en faisant sentir l'importance qu'il y aurait pour le gouvernement de le choisir pour un de ses conseillers, vu la sagacité qui lui est si naturelle dans les affaires politiques.

11°. *Des Colonies, et de la Révolution actuelle de l'Amérique*, 2 vol. in 8°. 1817. L'auteur, en écrivant sur cette matière, a commis beaucoup d'erreurs, et même de fautes grossières ; on ne les lui a pas laissé ignorer. Les réponses de plusieurs publicistes lui ont prouvé, qu'avant de mettre la plume à la main, il était essentiel de connaître et d'approfondir le sujet que l'on voulait traiter, en évitant de se jeter inconsidérément dans des digressions politiques assez inutiles, et de prophétiser des événemens qui sont encore ensevelis dans l'obscurité des temps.

12°. *Des trois derniers mois de l'Amérique méridionale et du Brésil ;* 1817, in-8°. 2e. édit. Comme dans le précédent ouvrage, M. de Pradt bat assez souvent la campagne, n'entrevoyant les objets qu'à travers le prisme de son imagination, confondant souvent les causes avec les effets, ou les effets avec les causes. On ne peut cependant dissimuler que, sous certains points de vue, il n'ait développé avec assez de talens, les résultats que devaient amener nécessairement le temps et les circonstances, dans un pays où s'établissait un gouvernement incertain dans sa marche, et encore novice dans l'art d'administrer une contrée qui résiste, pour ainsi dire, à la civilisation.

13°. *Lettre à un Électeur de Paris*, 1817, in-8°. On a beaucoup écrit sur les élections, sans compter ou en comptant M. de

Pradt. On était d'accord sur certains points, et on ne s'entendait point sur les autres. En parlant principes à des personnes d'opinions versatiles, ou lancées dans le tourbillon des intrigues, il en est résulté des élections qui n'ont point atteint le but désiré.

14°. *Préliminaires de la session de* 1817; 1817, in-8°. On sait que, dans toutes les matières que traite M. l'abbé de Pradt, l'ordre, la régularité des idées, et surtout l'enchaînement non interrompu des propositions, lui sont assez souvent étrangers. Dans ces *préliminaires* l'auteur parle de tout et sur tout, quittant la discussion d'une question, pour en reprendre une autre, sans trop s'embarrasser si le lecteur peut le suivre dans sa marche vagabonde, et mêlant enfin, au milieu de mille répétitions, le point véritable de l'objet qu'il s'est proposé de lui mettre sous les yeux.

15°. *Des progrès du gouvernement représentatif en France*, 1817, in-8°. Dans cette brochure, l'auteur aborde plusieurs questions importantes, mais noyées dans un déluge de répétitions et de digressions qui n'ont point trait au sujet.

16°. *Les six derniers mois de l'Amérique et du Brésil*; 1818, in-8°. Les événemens ont beau se presser les uns sur les autres, M. l'abbé de Pradt est là pour les saisir, les apprécier et en développer les résultats futurs. Rien ne lui échappe, et quand il ne peut plus discuter, il s'amuse à faire des prédictions.

17°. *Pièces relatives à St.-Domingue et à l'Amérique*; 1818, in-8°. On voit que M. de Pradt n'abandonne pas aisément une matière qu'il a choisie de prédilection; il y revient sans cesse, et ne laisse pas respirer un seul instant ce bon public, qui pourtant lui demande grâce, et auquel il ne répond que par une nouvelle brochure. On sent néanmoins que M. de Pradt n'a pas tort, car s'étant chargé par pure bienveillance d'arranger les affaires de l'ancien et du nouveau continent, et de donner des conseils salutaires à leurs gouvernans, il n'a pas de tems à perdre, car il en serait responsable devant Dieu et les hommes.

18°. *L'Europe après le Congrès d'Aix-la-Chapelle, faisant suite au Congrès de Vienne*, 1 vol. in-8°. 2e. édit.

19°. *Les quatre Concordats, suivis de considérations sur le gouvernement de l'Eglise en général, et sur l'Eglise de France en particulier*, depuis 1515, 3. vol. in-8°. M. l'abbé de Pradt traitait ici une matière de son état et de son ressort; ce qui ne l'a pas empêché de commettre quelques prétendues erreurs qui ont été relevées par MM. l'abbé la Mennais et Bernardi.

20°. *Suite des quatre Concordats*, 1 vol. in-8°.

21°. *Congrès de Carlsbad*, in-8°. 1ere. partie.

22°. *Idem*, in-8°, 2e. partie.

23°. *De la Révolution actuelle d'Espagne*, 1 vol. in-8°., Paris 1820. Dans cette brochure, M. l'abbé de Pradt triomphe ; car il prétend qu'il a prédit ce qui est arrivé en Espagne, et que le gouvernement espagnol avait eu tort de ne pas suivre les sages conseils qu'il lui avait prodigués avec tant de désintéressement, il y a quelques années.

24°. *Petit Catéchisme à l'usage des Français sur les affaires de leur pays* ; Paris, 1820, brochure in-8°., 2e. édition revue et corrigée, Paris, même année. Ce petit catéchisme politique est divisé en sept chapitres, précédés d'un avant-propos, et terminés par un post-scriptum. Ces chapitres sont ainsi intitulés : *Considérations générales* ; des *Ministres* ; des *Institutions*; *Loi des Elections* ; des *Partis* ; de la *Cour*; *Récapitulation*, *Conclusion*.

25°. *De l'Affaire de la loi des Elections, faisant suite au petit Catéchisme*, broch. in-8°., Paris, 1820. Cette brochure qui produisit un petit scandale, donna lieu à l'archevêque de Malines de paraître devant la Cour d'assises pour se disculper de quelques assertions mal-sonnantes qui s'y étaient glissées.

26°. *Procès complet de M. de Pradt, ancien archevêque de Malines*, auteur de l'ouvrage intitulé : *de l'Affaire de la Loi des Elections*; contenant une introduction, l'instruction préparatoire, l'arrêt du renvoi devant la Cour d'assises et les passages inculpés, les débats, les réquisitoires de M. l'avocat-général, le discours de M. de Pradt, le plaidoyer et la réplique de Me. Dupin, aîné, avocat de M. de Pradt, le plaidoyer de Me. Moret, avocat de M. Béchet, la déclaration du jury et l'ordonnance d'acquittement. Br. in-8°. Paris, 1820.

PRADTIANA,

OU

RECUEIL

DE PENSÉES, MAXIMES, etc.

APRÈS le désastre de Moscow, l'empereur Napoléon, parti de Varsovie, ne s'arrêta qu'à . . . où il arriva le 11 décembre 1812, à 5 heures du matin. Rebuté à l'aspect du lieu où on l'avait fait descendre, il demanda si on ne pourrait point lui en procurer un qui lui offrît plus d'aisance pour prendre son déjeûné.

On lui montra près de l'auberge où il était descendu la maison de

M..... qui vint lui-même prier et conduire chez lui, cet étranger dont on attendait si peu l'arrivée. La maison et le bourg furent mis, comme on dit, sens dessus dessous, pour préparer un déjeûner convenable. Madame, qui parlait bien français, fit les honneurs : quelques convives lui prêtèrent la main.

Napoléon prit goût aux causeries de la dame. La conversation s'engagea sur Varsovie et les Polonais, que l'on passa en revue. Enfin l'on nomma notre auteur :

» — Eh bien, cet abbé de Pradt, dit Napoléon, qu'en faites-vous?

» — C'est, répondit la dame, un pauvre homme que vous nous avez envoyé-là. Il cause bien, il fait des phrases; mais il n'y a que cela dans sa tête ; il n'est capable de rien. Il n'a aucune connaissance des affaires ; il voulait tout conduire au conseil, à la confédération, il mettait partout le désordre.

« On dit que vous lui avez donné pour premier secrétaire et pour le diriger, un homme qui a été de l'ambassade de Perse. On vante ses talens et son intelligence ; mais il ne pouvait rien faire de l'archevêque, qui voulait toujours en savoir plus que lui.

» Au retour des députés, que la confédération vous avait envoyés à Wilna, on indiqua une assemblée solennelle, pour entendre le rapport qu'ils devaient présenter, sur le résultat de leur mission. La séance se tint dans la salle royale, au palais de la résidence. Tout ce qu'il y avait de grand à Varsovie, s'y trouvait rassemblé. Votre archevêque avait à peine pris sa place, qu'il s'endormit. Il fallut le pousser durement et longtems pour l'éveiller et le faire sortir, selon le rang qu'il occupait dans le cérémonial. Le sommeil le prend au conseil, et dans toute autre circonstance, quelqu'imposante qu'elle soit.

» — Mais, dit Napoléon, il a sans doute fait voir de la fermeté, lorsqu'elle était nécessaire ?

« — Il est possible que parfois il se soit bien montré; je ne puis assurer le contraire, n'ayant été que par intervalles à Varsovie. Je m'y trouvais, lorsqu'au mois de juillet, le général Tormassow pénétra dans le duché. Tout était en rumeur à Varsovie; je m'enfuis comme les autres aussitôt que je pus le faire. Je sais que l'archevêque fut un des premiers à faire ses *paquets* (1).

« Il eut des attentions particulières pour cette belle vaisselle-vermeille,

---

(1) Madame...... se trompe, l'archevêque doit savoir mieux qu'elle ce qu'il a fait. Or, page 168 de son histoire, il parle de sa *belle contenance*, quoiqu'il eût été question dans la ville d'arrêter l'ambassadeur, le conseil et les grands, que l'on disait être les auteurs des provocations contre les Russes. « Personnel-» ment, ajoute-t-il, je n'avais pas emballé un » papier, je n'avais pas reçu une personne de » moins à ma table. » Voilà qui est bien précis : aussi le prélat parait-il, et avec raison, très-scandalisé de l'insolence du duc de Bassano, qui avait osé lui adresser de Wilna, des plaisanteries du plus mauvais goût sur ce grand courage et cette intrépidité dont M. l'ambassadeur donna assez de preuves, et là, et dans d'autres circonstances. Nous ferons observer

qui, marqué à la lettre N. est à ce que l'on croit, un présent qu'il tient de votre munificence, pour tant de services qu'il vous a bien réellement rendus, quoique le public n'en connaisse pas les circonstances. »

Ceux qui étaient présens au déjeûner de Napoléon, n'oublièrent aucun de ces bruits que la malignité faisait circuler à Varsovie sur le compte du prélat.

La dame, ayant dans le cours de la conversation, parlé de messe et d'église, Napoléon demanda quelle

---

que le duc de Bassano n'a pas eu affaire à un ingrat, et que, l'archevêque, oubliant le pardon des injures, a tracé du secrétaire de Napoléon, un portrait qui n'est ni aimable, ni flatteur :

Tant de fiel entre-t-il dans l'âme d'un pélat!

avait été la conduite de son ambassadeur sous les rapports religieux.

» — Je ne sais, répondit un Polonais, quelle est sa croyance ; s'il a la foi, elle n'est pas bien ardente ; elle ne le tourmente pas. Lorsqu'il se fut établi au palais de Bruhl, M. d'André se joignit à une autre personne pour lui faire des représentations. On lui demandait avec instance la permission de faire approprier la chapelle, ce qui était très-facile : l'aumônier, secrétaire de l'ambassadeur, devait y dire la messe à laquelle l'archevêque aurait pu assister, s'il avait voulu. Lorsqu'il ne l'aurait point trouvé à propos, la messe se serait dite de bonne heure avant son lever, afin de sauver les convenances : l'archevêque rejeta toutes ces propositions.

« — Cet abbé de Pradt, dit Napoléon, est une f.... b.... Je veux qu'on ait de la religion, quand ma politique et mon service le demandent. A Varsovie, il m'a assommé de bêtises. Laissez-moi faire, je vais vous en débarrasser ».

C'est au sortir de ce déjeûner, que Napoléon écrivit la lettre de quatre pages, dans laquelle il ordonnait la levée en masse en Pologne, et le rappel de l'abbé de Pradt, *qui*, ajouta-t-il, *me paraît n'avoir rien de ce qu'il faut dans sa place.*

En partant de ..... Napoléon remercia ses hôtes, et promit qu'en arrivant à Paris, une de ses premières pensées serait de témoigner sa reconnaissance à madame..... qui venait de lui donner un bon déjeûner.

Quelques semaines après elle reçut une bague en diamants.

De . . . jusqu'à Posen, Napoléon se jeta souvent et avec véhémence sur l'abbé de Pradt.

A Paris, lorsqu'il vit le ministre des cultes, il lui dit : « Cet abbé de » Pradt n'est bon à rien ; je lui ôte » la direction de la grande aumô- » nerie : renvoyez-le dans son dio- » cèse, pour y apprendre son caté- » chisme. »

Le portrait que fait M. de Pradt du duc de Bassano (M. Maret de Dijon) nous a paru trop plaisant et trop original pour vouloir en dérober la connaissance à ceux de nos lecteurs qui n'ont point lu *l'histoire de l'ambassade* du Prélat *dans le grand duché de Varsovie.*

« Quel est donc ce duc de Bassano qui, pour le malheur de la France, se trouve attaché à toutes les époques de sa révolution, depuis la loge de l'assemblée dans laquelle il est né à la politique, jusqu'aux plus grands honneurs du ministère, et qui embarrasse le monde du problême de la valeur intrinsèque d'un gazetier parvenu ?

» La médiocrité ambitieuse, la complaisance de soi-même jusque dans les plus minces détails, le *Sybaritisme* de la vanité, un Philinte à cœur de fer, un avare fastueux de sensibilité, un génie sublime dans une coterie, la prétention à tous les talens, à toutes les connaissances, la singerie du maître, le raffinement de la servilité, la morale et l'éloquence du *Moniteur* : tel me paraît être ce duc de Bassano, un des fléaux de notre âge.....

» Sa discussion est lourde, embarrassée, jamais précise ni lumineuse, son élocution filandreuse. Ses principes sont les convenances, la force, et tout cet attirail de sophismes dont la diplomatie française se compose depuis 25 ans. Les journées s'écoulent en courses, en attentes au palais, en repos très-prolongés, en promenades de toute espèce. Enfin, l'heure du travail arrive, et cette heure est presque toujours celle à laquelle toute la nature repose. Minuit sonne : on se rappelle qu'on a des affaires, on s'enferme dans son cabinet, on appelle des commis, on les presse de travail; malheur à celui que le sommeil atteindrait ! Et c'est vers les cinq heures du matin que ce ministre si expéditif va se reposer de ses œuvres ténébreuses, en laissant à ces malheureux le soin de rédiger les hautes conceptions dont il les a laissés dépositaires. Démosthènes disait que son travail sentait l'huile : celui du duc de Bassano n'est pas en meilleure odeur..... La flatterie est une sûre voix pour arriver au duc de Bassano : chez lui, il faut tout flatter jusqu'au petit chien de la duchesse. Un homme d'esprit a dit que ce chien a fait bon nombre d'auditeurs et de préfets. Il a un amour de la propriété qui tient certainement à son amour propre personnel. C'est un charme de l'entendre raconter des niaiseries, s'appesantir sur des infiniment petits, de le voir effeuiller des roses; il en a la tête tapissée..... »

Ce portrait n'a pas dû flatter infiniment le duc de Bassano, qui, dit-on, est un peu susceptible d'irritation. Mais ce duc est très riche, et avec de l'or on se console de tout.

Dans son ouvrage *Des Quatre Concordats*, M. l'abbé de Pradt a avancé à la page 313 du 3e. vol., dans le chap. 57, intitulé : *De l'Avenir du Christianisme*, l'assertion suivante :

« Hors le paganisme de presque toute l'Asie et celui de quelques sauvages, il ne reste plus que trois grands cultes dans le monde : le Judaïsme, le Christianisme et le Mahométisme. On cesse quelquefois d'être juif, mais on ne le devient plus : faible ruisseau au milieu du fleuve auquel il donna naissance, le Judaïsme peut être absorbé par le Christianisme, ou bien entraîné par lui comme le sont les eaux qui, dans leur cours, rencontrent des rivières plus rapides ou plus fortes qu'elles ».

Ce texte est accompagné de la note qui suit :

On a beaucoup disserté sur la cause de la dégradation du peuple Juif. Ce peuple n'est ni plus ni moins dégradé qu'il l'était en Judée. Il ne change pas plus qu'un élément. La cause qui le dégradait dans la Palestine, poursuit son effet et l'accompagne dans toutes les parties du globe sur lequel il est répandu, l'absence du dogme de l'immortalité de l'âme. C'est à elle qu'il faut rapporter la bassesse des inclinations qui l'avilissent. Que peut être un peuple dénué de l'idée qui est le principe de toute grandeur, de tout dévouement, de toute générosité? Les Juifs se faisaient massacrer pour la défense du temple: tout ce qui menaçait le temple leur paraissait criminel ; l'univers finissait là pour eux. L'avidité est le caractère distinctif des Juifs; autre effet de la même cause. Comment des hommes qui ne comptent que sur les biens de la terre, qui ne connaissent qu'eux, n'y seraient-ils pas attachés avant tout, plus qu'à tout? au de-là il n'y a plus rien pour eux.........

« Montesquieu a dit qu'une seule idée décidait du sort d'une nation. Diderot a dit aussi, qu'il suffisait d'une idée fausse pour faire d'un homme un monstre. Il n'en faut pas davantage pour faire d'une nation entière une monstruosité ».

M. Michel Berr, membre de plusieurs académies nationales et étrangères, ayant trouvé l'assertion et la note de l'ex-archevêque de Malines mal-sonnantes, a jugé à propos de les réfuter dans une brochure qui a pour titre : *Des quatre Concordats de M. de Pradt ; ou Observations sur un passage de cet ouvrage* (1) :

(1) Brochure in-8°. Paris, 1819, chez Plancher, libraire, quai Saint-Michel.

« Erreur et fausseté incompréhen-
» sibles, quant au fond; erreur et
» injustice dans la forme et l'ex-
» pression : voilà, selon M. Michel
» Berr, ce qui caractérise ces pages
» peu dignes, sous tous les rapports,
» du livre où elles sont placées ».

M. Michel Berr, à notre avis, n'a point prouvé ce qu'il avance, et ce n'est point par des autorités ou des passages de l'Ecriture sainte, qu'on détruit des raisonnemens et des faits. Au reste, nous renvoyons à la brochure les amateurs de discussions; c'est le seul moyen, en les éclairant sur la question, de les mettre à même de prononcer avec connaissance de cause.

Plusieurs Historiens tant français qu'étrangers, ont cherché les causes qui amenèrent la chute de la maison des Stuart en Angleterre. Parmi celles qu'ils ont développées, les unes paraissent fondées, et les autres probables. M. l'ancien archevêque de Malines qui sonde chaque jour les profondeurs de la politique avec tant de succès, a trouvé une des principales causes de la perte de cette famille, dans leur obstination à ne rassembler les parlemens que par intervalles irréguliers, lorsque l'extrême nécessité les y forçait, et avec l'intention connue et avouée de s'en passer, dès qu'ils le pourraient ; puis il ajoute :

« Quelles peuvent-être, à l'égard les uns des autres, les dispositions d'hommes qui se rapprochent sous de pareils auspices ? Si la destinée de cette maison des Stuart fut cruelle, ses fautes furent aussi bien opiniâtres et bien lourdes...... Sous trois générations et quatre règnes, il n'y eut pas moyen de lui faire entendre raison un seul jour. Elle débute par un pédant sophiste, entiché des principes divins sur son autorité; elle continue par deux princes prodigues sans argent, heurtant à chaque instant l'esprit ou les intérêts de la nation; elle s'abîme sous un prince despote déclaré, et qui, n'ayant que la nation pour faire valoir son despotisme, commença à s'établir en opposition directe avec ce qu'elle a le plus à cœur.

« Ainsi Charles II se tient en alliance, et presque sous la protection de Louis XIV.

« Jacques II se déclare catholique, appelle le légat du pape, s'entoure de jésuites, exerce d'affreuses barbaries contre ses ennemis. Il périt, et fait périr sa maison avec lui. On se demande ensuite comment cela est arrivé, et comment les nations finissent par se fâcher et songer à elles mêmes ».

Napoléon plaisantait un jour les aumôniers sur leur courage et leur intrépidité. — « A la bonne heure,
» Sire, dit l'abbé de Pradt, lors-
» qu'il s'agit d'aumôniers ordinaires;
» pour ceux-là, je les abandonne à
» Votre Majesté Impériale et Royale;

» mais. . . . . *l'aumônier du dieu* » *Mars*... » ajouta-t-il, en se courbant profondément devant l'idole dont-il se disait le grand-prêtre.

L'ancien Archevêque de Malines a consacré les premières lignes de l'histoire de son ambassade, au développement d'une pensée dont lui seul a pu s'occuper. Il prête à Napoléon l'idée que, sans l'abbé de Pradt, il aurait été maître du monde. Le prélat se plaît à poursuivre ce fantôme ; il cherche à lui donner du corps, des formes, afin de le rendre sensible : plus loin il a l'adresse de le combattre lui-même, afin de nous faire tomber plus sûrement dans le piége que lui tendent les conceptions de sa vanité.

« L'Empereur, dit-il, a été surpris, laissant, du plus profond
» d'une noire rêverie, échapper ces
» paroles mémorables : Un homme
» de moins, et j'étais le maître du
» monde.... Quel est donc cet
» homme qui, participant en quelque sorte, au pouvoir de la divinité, a pu dire à ce torrent :
» *Non ibis ampliùs*....? Où étaient
» ses armes, ses trésors, ses moyens,
» pour arrêter ce superbe dominateur de la France et de l'Europe,
» qui, sur les débris des trônes, des
» nations, des lois, un pied dans
» le sang et l'autre sur des ruines,
» s'élançait en idée vers les limites
» du monde, et, dans sa soif insatiable de domination, étouffait,
» pour ainsi dire, dans l'univers....?

« Cet homme, c'était MOI: à ce « compte, j'aurais donc sauvé le « monde; et, ce titre à la main, je « pourrais le défier d'égaler jamais « la reconnaissance au bienfait. »

Un homme d'esprit s'est permis de faire la glose suivante sur cette exubérance de vanité du prélat.

« En lisant ces passages où l'archevêque se retourne avec tant de bonhomie, pour nous faire goûter son idée, je me suis rappellé une histoire que ma grand'mère me racontait, il y a 50 ans: De son jeune tems, il y avait au château de son seigneur un fou, appelé Dodé, sur qui tombaient tous les coups: les fautes auxquelles il n'avait aucunement pensé, lui étaient imputées; il payait tout ce qui se faisait de mal dans la maison. Madame accoucha d'un fils. Dodé, accoutumé à n'éprouver que des injustices, se mit à pleurer amèrement, craignant, disait-il, qu'on ne s'en prît à lui. Ayant fait au seigneur du château confidence de ses inquiétudes : *Pour celle-là*, *Dodé*, lui dit le maître, *sois bien tranquille ; si quelqu'un s'avisait de te dire chose pareille, viens me trouver ; je lui parlerai ; je te mettrai hors de jeu, sois-en bien sûr.*

« A Dieu ne plaise que j'aille comparer notre auteur au Dodé de ma grand'mère !.... Quoi qu'il en soit, l'idée de Dodé qui craignait que l'on attribuât à ses faits et gestes la situation où se trouvait la dame du château, cette bonne et naïve idée n'aurait-elle point quelque ressemblance avec celle de l'archevêque qui nous dit avec tant de simplicité et de franchise : « *Cet homme, c'était moi ; j'ai sauvé le monde* ? » Cette révélation ne vaut-elle point les confidences que Dodé faisait si bonnement au mari de la dame ?

M. l'abbé de Pradt qui a le talent d'improviser à loisir sur toutes les matières, a consacré, dans une de ses brochures (1), un petit article, intitulé : *Cérémonie religieuse*, assez bien pensé, à l'exception d'une assertion qui se trouve à la fin :

---

(1) Voy. Des progrès du gouvernement représentatif en France, session 1817 ; Paris, brochure in-8o.; décembre 1817, chez Bechet, libraire, rue des Grands-Augustins, no. 11.

« Un religieux et honorable usage a toujours, en France, fait précéder les solennités politiques par les solennités religieuses. L'interruption date de l'Assemblée législative. Depuis, sans qu'elles fussent expressément rétablies, elles eurent lieu quelquefois, notamment au retour qui rendit la paix conclue après la bataille de Wagram. L'ancien ordre a repris vigueur, et l'on ne peut que lui applaudir à cet égard. Si dans les prières qui n'ont que lui seul pour objet, l'homme ne peut faire parler que sa misère, sa faiblesse, et découvrir ainsi son néant, dans celles, au contraire, où la société tout entière s'adresse à l'auteur de toutes les sociétés, et remonte pour ainsi dire à sa source, la prière acquiert un caractère plus relevé, et change l'attitude du suppliant dans celle de l'enfant qui s'adresse à l'auteur de son être. Tout, dans les temples, sert d'enseignement à l'homme, en lui retraçant les attributs de celui à l'image duquel il fut formé: il n'est pas une seule de ses prières qui ne crie pour ainsi dire contre chacune de ses passions. Il est donc très-bon de remettre sous les yeux des hommes ce qui est propre à épurer leur cœur, et à les fortifier contre leur passions au moment où ils vont entrer dans la carrière la plus propre à les développer. Fasse le ciel qu'elles soient restées toutes au pied du sanctuaire et à la porte des assemblées !

« L'usage français l'emporte à cet égard sur l'usage anglais, qui n'admet point de solennité religieuse préparatoire à l'ouverture du Parlement ; oubli remarquable chez un peuple très-religieux (1), et qui, sur la simple invitation du gouvernement, s'assujettit, dans d'autres circonstances moins graves, à des observances plus rigides ».

M. l'abbé de Pradt n'est point le partisan du système des grandes propriétés ; et les raisons qu'il allègue en faveur de celui des petites propriétés, paraîtront aux gens sensés et tout à fait dégagés des idées féodales

(1) Ou plutôt très-hypocrite, s'il faut ajouter foi à l'assertion d'un membre de la chambre commune, qui dit que bientôt le parlement aurait besoin de rendre un Bill, pour déterminer le peuple anglais *à croire en Dieu*.

avoir ce caractère de vérité qui ne peut échapper même aux esprits les plus médiocres.

» Depuis quelques tems, dit-il, il est devenu de mode, dans une classe d'écrivains, de célébrer la grande propriété, de déprécier la petite, d'attacher à l'une toutes les vertus, à l'autre tous les vices, et de demander de subordonner l'une à l'autre. Tout grand propriétaire est représenté comme un conservateur de la société, tout petit propriétaire comme un destructeur..... L'Angleterre est citée à l'appui de ce système; et c'est à la vue des maux incurables qu'a produits la grande propriété dans ce pays, que l'on invoque ce funeste appui, ce cruel exemple: la grande propriété, qui, plaçant la masse de la nation au dehors de la propriété, tend à un système précaire, sujet à une variation journalière, tient cette masse toujours flottante entre le besoin et le devoir, entre les mains des agitateurs, et force l'Angleterre à s'imposer 200,000,000 fr. de charge, pour subvenir aux nécessités de ces hommes sans propriété.

» C'est ce défaut de propriété qui, au moindre signal, couvre l'Angleterre de milliers d'hommes errans, qui se transportent au hasard, où la voix d'un factieux les appelle. Comment s'y refuseraient-ils ? ils ne tiennent à rien.

» Voit-on le paysan Suisse ou Français, Belge ou Allemand, déserter ses champs, abandonner la charrue, et parcourir en bandes nombreuses toutes les parties de ces contrées ? C'est qu'ils sont attachés à la terre par la propriété, c'est qu'ils participent à sa fixité, c'est que sa culture les absorbe tout entiers.

» Il ne faut qu'une circulaire parmi les prolétaires anglais, pour faire apparaître des masses de vingt, de cinquante, de cent mille hommes. En Suisse, en France, toutes les circulaires du monde ne mettraient pas en mouvement deux mille habitans des campagnes. La différence de leur position explique la différence de leur conduite..... Et l'on voudrait donner à la France pour remède ce qui fait l'embarras du gouvernement anglais, le cancer de l'Angleterre et l'indication de sa perte; car elle peut dépendre, à chaque jour, à chaque heure, d'une réunion plus ou moins heureusement ou mal-habilement comprimée de cette classe d'hommes. Le torrent grossi et non prévenu serait capable de tout entraîner...

Montesquieu dit, en parlant des jésuites : *La société qui regarde le plaisir de commander oomme le seul bien de la vie.*

» C'est un plaisir, ajoute l'archevêque de Malines, dont cette société a beaucoup joui pendant un siècle. Pendant ce même tems, elle a troublé la France ; elle a fait des essais heureux, quoique bien singuliers, pour amener à la civilisation des peuplades d'Amérique. Son vrai titre de gloire consiste dans ses missionnaires, ses prédicateurs et ses professeurs. Elle n'a pas été remplacée dans cette triple carrière. »

A la page 27, tome 1er. du Congrès de Vienne, l'abbé de Pradt s'exprime ainsi sur ces religieux :

» La tombe rend à regret une société que l'on dit redemandée par les chrétiens, tandis qu'elle est repoussée par le monde social. Quel prince ne s'est pas senti moins indépendant au sein de ses Etats, à l'apparition de ces fantômes, qui si long-tems s'insinuèrent dans les plus secrets ressorts des gouvernemens ? Quel père ne s'est pas senti moins le maître dans sa famille et parmi ses serviteurs, à l'annonce de cette étrange résurrection ?... »

Selon M. l'abbé de Pradt, tout homme qui se mêle d'écrire en France, doit toujours avoir devant les yeux ces trois choses :

« 1°. Qu'il n'y a pas plus à gagner en ennuyant des français, qu'en amusant des lacédémoniens ;

» 2°. Que toute opinion trop recommandée, a toujours l'air *imposée*, et par là même perd de son autorité ;

» 3°. Que le français est cet athénien qui faisait à Aristide l'application de l'ostracisme, *parce que*, disait-il, *il était ennuyé de l'entendre appeler* JUSTE. »

M. Bernardi, chevalier de la légion d'honneur, a publié en 1819 des *Observations sur les quatre Concor-*

dats de M. Pradt, 1 vol. in-8°., dans lesquelles il prétend que, pour confondre l'archevêque de Malines, on n'a besoin souvent que de l'opposer à lui-même : « M. Bernardi, ajoute le *Conservateur*, a employé ce moyen avec succès ». C'est ce que l'on peut contester. Dans ses raisonnemens l'auteur est parti d'une base fausse, de laquelle a découlé nécessairement une série non interrompue de fausses conséquences. Quoi qu'il en soit, l'ouvrage de M. de Pradt s'est vendu; celui de M. Bernardi repose tranquillement dans le magasin du libraire Le Normant, où il attend la résurrection des morts.

M. l'abbé Clausel de Montals, prédicateur ordinaire du Roi, a décoché 1 vol. in-8°. contre les *Quatre Concordats*, dont M. l'abbé la Mennais a rendu compte dans le *Conservateur*, en raisonnant suivant sa manière accoutumée. Cette réfutation a fait si peu de sensation dans le public, qu'on doit nous savoir gré d'avoir exhumé une production entièrement oubliée. Pour la raviver, nous conseillons à M. l'abbé la Mennais, de l'insérer dans sa *Bibliothèque pour les Dames chrétiennes* du faubourg St-Germain, lui dont les talens sont si connus pour disserter savamment sur les matières de religion, de politique, et même de législation.

Nous présumons que peu de femmes voteront des remercîmens à

M. l'abbé de Pradt pour les choses aimables qu'il leur adresee dans le paragraphe suivant :

« Depuis quelques années, il est devenu de mode d'affecter la religion, de la ramener à tout propos : de même pour la Providence ; pour la plus petite chose, on montre l'action directe et visible de la Providence ; c'est à se croire à Constantinople, au milieu de ceux qui crient vingt fois par jour *allah*, *allah*, Dieu est grand, et Mahomet est son prophète. Cette manie a surtout gagné chez les femmes qui, comme chacun sait, sont d'excellens juges dans ces matières : elles ont oublié le précepte qui leur interdit de parler dans l'église, qu'elles ont toujours eu la fureur de régenter, et qu'elles n'ont jamais manqué de troubler. Les femmes sont toutes *passions* ; et l'église est toute calme, ennemie des passions. Les querelles religieuses ont été, pendant quinze cents ans, la fièvre continue de l'Europe, avec redoublemens et transports par intervalle. L'intermittence durait depuis soixante ans ; beaucoup de symptômes font craindre le renouvellement de la maladie. Chez beaucoup, la religion est considérée comme un instrument de domination et d'empire sur les peuples ; chez d'autres, c'est une arme, un reproche, une accusation contre des ennemis ; chez un grand nombre, c'est tout bonnement une hypocrisie politique ou intéressée. Le trône et l'autel se sont tout d'un coup trouvés environnés de légions de chevaliers, que l'on n'attendait guère, et qui seraient bien embarrassés de dire ce qu'ils font là, ni ce qu'ils y cherchent ».

M. de Pradt est un véritable Calchas politique. Quiconque a lu son ouvrage qui a pour titre : *Des Colonies et de la Révolution actuelle de l'Amérique* (1), doit se prémunir contre ses oracles sinistres, *ses lugubres avis* (ce sont ses propres expressions), et contre les malheurs prédits aux métropoles qui voudront comprimer l'élan de la liberté dans les Colonies, ou les reconquérir après l'insurrection. A la vérité, l'auteur nous promet un bonheur éloigné,

(1) Paris 1817, 2 vol. in-8°., chez Béchet, libraire, rue des Grands-Augustins, n°. 11.

fruit des lumières et de l'indépendance ; mais il nous annonce un malheur prochain , fruit de l'aveuglement et de l'orgueil. En qualité de chrétien et de bon philantrope, M. l'abbé de Pradt déplore sans doute les malheurs qui vont peser sur nous et nos enfans; mais il paraît encore plus sensible au bonheur dont jouiront peut-être nos arrière-petits neveux, dans un tems où l'on ne songera plus à nous. Heureusement, il n'y a plus de prophètes, et M. de Pradt ne l'est pas plus qu'un autre , quoiqu'il soit un *prédiseur* fort spirituel. Tout le monde a prévu les événemens quand ils sont arrivés. En 1783 , année où l'Angleterre reconnut l'indépendance des Etats-Unis , tout le monde avait deviné que les hostilités commencées en 1775, auraient cet heureux dénouement; et cependant, on s'effrayait, pendant le cours de cette guerre, des victoires remportées par les armées anglaises. En 1789, tout le monde avait prédit la révolution française, et tout le monde cependant avait vécu comme si cette révolution était impossible. En 1814, on prétendait aussi avoir prévu la chute de Napoléon, au milieu même de ses triomphes, et cependant on l'avait flatté comme si son trône eût été inébranlable. Oh! certes, si M. de Pradt eût été un prophète, il n'eût pas fait un Dieu de celui qu'il devait bientôt métamorphoser en Scapin. Il n'y a donc plus de prophète: M. de Pradt n'en est pas un, et puisqu'il n'a prédit l'insurrection des Colonies espagnoles qu'après les hostilités, on peut se rassurer contre ses *lugubres avis.*

Page 74 de l'*Histoire de son ambassade*, M. l'abbé de Pradt se plaint amèrement du *gîte* qui lui fut donné à Varsovie, au moment de son arrivée :

» J'arrivai, dit-il, à Varsovie, dans la matinée du 5 juin : un aide-de-camp du général Biganski, commandant à Varsovie, m'attendait à la barrière pour me conduire à mon logement. Si je voulais guérir un ambitieux, je ne lui donnerais pas un autre *gîte*. J'y passai quinze jours, couchant par terre, parce qu'il n'y avait pas de lit ; rongé d'insectes, parce que tout en était plein ; privé de tout moyen d'arrangement dans une aussi mauvaise maison, n'ayant pu nous procurer que trois serviettes pour le seul repas que nous hasardions dans ce lieu de délices, mon secrétaire et moi. Les quinze jours que j'ai passés dans cet odieux séjour, sont sûrement au nombre des plus pénibles de ma vie. J'étais très-incommodé, privé de sommeil, accablé d'inquiétudes de toute espèce. D'un côté, tout manquait ; je faisais fouiller toute la ville pour trouver un emplacement convenable au rang que j'occupais, et à la représentation qui en était la suite. Le roi de Saxe avait eu l'attention d'assigner, pour mon logement, le palais de Bruhl, mais le roi de Westphalie s'en était emparé. Le comte Stanislas Potocki eut l'extrême honnêteté de me céder le rez-de-chaussée de son hôtel; sans cela, l'ambassade de France eût été faite dans un cabaret ».

Un particulier, qui se trouvait à Varsovie à l'époque de l'arrivée de l'archevêque, a jugé à propos de mettre sous leur vrai point de vue des circonstances relatives au logement du prélat, circonstances qui, selon lui, ont été dénaturées par l'historien.

Ce particulier prétend donc qu'en attendant que M. de Bignon son prédécesseur pût lui céder l'hôtel de la Légation, on plaça l'archevêque dans une maison de second rang, qui était d'ailleurs spacieuse, décente et très-bien située. « Monseigneur, ajoute-t-il, n'y trouva peut-être pas toutes les aisances qu'il aurait désirées, et son amour-propre fut blessé, en apprenant que la ville avait des maisons de plus belle apparence que celle qu'on lui avait assignée.

» En attendant que l'archevêque eût monté sa maison, M. de Bignon lui offrit sa table : il est à présumer qu'il lui aurait aussi fait passer des serviettes, s'il avait appris qu'il en manquât. Comment la pensée ne vint-elle pas au prélat d'en acheter quelques douzaines? »

L'abbé ne cessait d'éclater en plaintes et en murmures pour son logement. On ne répetera point ici toutes les gaucheries qu'il fit à ce sujet; cela nous menerait trop loin. Tout ce qu'on peut en conclure, c'est qu'il paraît que ce n'est pas une chose facile de loger à son gré, un abbé, un archevêque, un ambassadeur, surtout lorsque ces trois personnes ne font qu'un seul individu. »

Il n'est rien tel que de faire ses affaires par soi-même. En attendant que les comtemporains de l'ambassadeur, et par suite la postérité, apprécient les services éminentissimes qu'il a rendus à la chose publique, en admirant les prodiges qu'a enfantés son activité, l'abbé de Pradt a cru devoir les prévenir, en se prodiguant à lui-même les éloges les plus outrés. C'est la véritable mouche du coche. Rien ne s'est fait, et n'a pu se faire sans son intervention.

Page 75, dans l'ouvrage que nous venons de citer, il dit :

» Toutes les affaires tombaient à la fois ; il fallait voir tout le monde, entendre tout le monde. A onze heures du matin commençaient ces espèces d'audiences, elles finissaient à trois heures. Il fallait s'informer, se tenir en garde, étudier les noms, se familiariser avec les visages, fournir aux affaires, à une correspondance très-étendue au conseil des Ministres dont les séances étaient journalières, convoquer les diétines, la diète, et arriver à l'ouverture de la confédération. L'action ne pouvait pas languir un moment : elle devait se coordonner avec les mouvemens militaires, qui déjà avaient dû commencer; tout devait marcher de front;

tout roulait sur moi : en vérité, je suis encore à concevoir comment j'y ai suffi (1) ; je devais succomber mille fois (2). Cependant, rien ne languit, rien ne se fit attendre. J'ouvris le 20 juin une grande maison, qui ne s'est pas relâchée un seul jour jusqu'au 27 décembre, époque de mon départ. Je ne manquai pas à une seule séance du conseil, à une assemblée de société dans la ville, à une visite, soit chez moi, soit chez les autres ; toute la machine politique fut montée et joua à jour nommé. Il faut qu'il y ait des circonstances

---

(1) C'était Atlas, qui portait sur ses épaules le monde entier.

(2) Il y a des grâces d'état pour certaines personnes, et surtout pour les archevêques-ambassadeurs.

dans lesquelles le tems prête et s'allonge, pour ainsi dire ; je l'ai éprouvé là..... »

Voilà bien Michel Morin, s'écrie un Polonais, cet intrépide maître d'école, qui, tout à la fois, sonnait les cloches, allumait les cierges, chantait au lutrin, servait la messe de M. le curé, faisait un enterrement, et carillonnait un baptême. Il était tout seul, et tout se faisait dans le même moment ; rien ne languissait. Il n'était point embarrassé, lorsqu'au milieu d'occupations si compliquées, il se trouvait des femmes à relever et un mariage à bénir ; tout se faisait à la fois. La machine politique de ce glorieux pédant de village, était montée de manière à jouer à l'heure donnée.

En dernier résultat, à quoi ont abouti les travaux politiques de l'Hercule de la diplomatie? à revenir à Paris faire des brochures sur les affaires du tems, et à provoquer la critique et les plaisanteries des journalistes.

Parturient montes, nascetur ridiculus mus.

On sait que l'abbé Siéyes avait toujours en poche des ébauches de *Constitutions* à proposer pour le bonheur de la France: cet abbé était grand-vicaire. Un jour dînant chez le directeur Barras, avec Napoléon et madame de Stael, il voulut faire part aux convives d'une nouvelle constitution dont il venait d'accoucher depuis quelques jours. Napoléon se penchant vers l'oreille de madame de Stael, lui dit: Rendons, rendons mille fois grâces à M. Siéyes qui nous accable de constitutions, tandis qu'il laisse chômer son diocèse de mandemens.»

L'archevêque de Malines suivait l'exemple du grand-vicaire; il nous accablait et nous accable encore d'écrits politiques, et laissait ses ouailles errer à l'aventure, sans se mettre en peine, à l'aide de bons mandemens, de les réunir sous la houlette pastorale, pour les ramener au bercail.

Chaque peuple à son tour a brillé sur la terre,

a dit Voltaire; M. de Pradt ajoute:
« A son tour chaque idée, dans
» son tems, a exercé la domination.
« Qu'on suive la marche de l'huma-
« nité : jusqu'ici la guerre, la reli-

» gion ont formé l'occupation prin» cipale de tous les peuples ; l'histoi» re ne parle guère d'autre chose : le » tour de la civilisation est venu ; il » n'en faut faire honneur à personne » en particulier, chacun y a porté » son contingent. »

Jusqu'ici on pensait avec quelque raison que nous n'étions pas dans un siècle de barbarie, et même que nous étions un peu trop civilisés : l'excès nuit en tout. Une trop grande civilisation produit nécessairement un luxe désordonné, la corruption des mœurs et par suite les désordres de la société. Au surplus, il reste à savoir quelle idée M. de Pradt attache au mot *civilisation* ; car il arrive souvent que faute de la définition juste et exacte d'un mot, on dispute longuement et long-tems, sans pouvoir s'entendre.

« Il est faux, dit M. de Pradt, qu'un pays périsse par les finances : si cela était vrai, il n'y aurait pas un état sur pied en Europe. Les affaires financières de l'Autriche sont depuis quinze ans, dans un pitoyable état ; jamais la monarchie n'a été plus puissante, plus victorieuse.

» Il y a huit ans que les finances de la Prusse, ont, pour ainsi dire, cessé d'exister ; et voilà la Prusse plus puissante que jamais, et les prussiens à Paris deux fois dans quinze mois.

» Règle générale ; la finance ne tue que les imbéciles et les fripons. Autre règle générale, en révolution ;

il n'y a pas de finances, pas plus pour les uns que pour les autres ; pour les États qui les font et qui attaquent, que pour ceux qui s'en défendent. C'est après le combat que la finance s'établit. »

En 1820, M. l'abbé de Pradt publia: *Petit Catéchisme, à l'usage des Français sur les affaires de leur pays* (1), dans lequel l'auteur, après des *considérations générales*, traite successivement des *Ministres*, des *Institutions*, de la *loi des Élections*, des *Partis*, de la *Cour*, etc. Dans le

(1) Brochure in-8°. Paris, chez Bechet aîné, libraire-éditeur, quai des Augustins, n°. 57.

chapitre 1er. voici comme l'ex-archevêque débute :

« *Demande*. La France fait-elle partie du monde?

» *Réponse*. Cela est incontestable.

» D. Fait-elle partie de l'Europe?

» R. Cela est également incontestable.

» D. Ceux qui entendent traiter la France, comme si elle ne tenait ni au monde, ni à l'Europe, commettent donc une erreur en la séparant d'un tout dont on ne peut l'isoler?

» R. Assurément.

» D. Pour bien juger la France, il faut donc tenir compte de l'état du monde, et de celui de l'Europe?

» R. Comme il faut, pour évaluer la santé d'un homme, tenir compte de l'état de l'atmosphère dans laquelle il vit; comme il faut regarder à l'état du vaisseau sur lequel le navigateur est porté.

» D. Quel est donc l'état général du monde?

» R. Une perturbation universelle.

» D. Quel est l'état de l'Europe?

» R. Un changement complet depuis 30 ans : cherchez les états, les hommes, les noms, les fortunes, les lois, les usages qui existaient à cette époque.

» D. D'où proviennent ces grands changemens?

» R. De trois cents ans d'innovations, et de cinq causes principales: 1°. de l'imprimerie qui a changé la direction des idées; 2°. de la poudre à canon qui a changé la guerre; 3°. du commerce qui a changé la richesse ; 4°. de l'Amérique qui a centuplé cette richesse ; 5°. et de la réformation qui a scindé la famille religieuse de l'Europe, et donné des rivales à Rome.

» D. La révolution n'est donc pas un cas fortuit, ni particulier à la France ?

« R. Elle est le résultat de l'état où le monde était arrivé en 1789 ; elle ne pouvait être ni évitée, ni avancée, ni reculée : le fruit est arrivé à l'heure de la maturité.

» D. Quel est cet état du monde que vous dites de *perturbation générale* ?

» R. C'est celui du combat des institutions finissantes contre celles qui tendent à s'établir ; les unes résistent, les autres gagnent du terrain, cherchent à se consolider, s'inquiètent des menaces, des attaques cachées : de là le combat. Le monde et surtout l'Europe sont dans la position où se trouva le monde payen, à l'apparition du christianisme : avant de déménager, le vieil Olympe défendit ses autels autant qu'il put... Jupiter tonna avec ce qui lui restait de foudres ; vain fracas ! après trois cents ans de combats, il fallut céder la place, et de tout ce cortége de divinités fantastiques, il ne reste rien que dans Homère et dans Virgile, que dans les arts et les constellations. De même à l'époque de la réformation, une lutte de cent ans fit disparaître l'ancien régime religieux, de tout l'espace qu'atteignit la réformation : il en est de même aujourd'hui ; le monde subit une nouvelle réformation; ceux qu'elle atteint se débattent contre elle. On ne cède pas ses places pour rien. D'un bout de l'Europe à l'autre, toutes les anciennes prééminences cherchent à se raffermir, et agissent dans un concert forcé et naturel : Carlsbad appuie Paris, et Paris Carlsbad. Il n'en faut savoir mauvais gré à personne; cela est dans la nature des choses.... »

Nous ne pousserons pas plus loin les citations : ceux qui liront l'ouvrage en entier, y découvriront des vues nouvelles, des raisonnemens pleins de sagacité et des aperçus profonds sur des matières politiques qui, jusqu'ici, avaient été à peine effleurées; mais on nous saurait mauvais gré de ne pas transcrire ici quelques phrases du *Post-scriptum* qui termine le petit Catéchisme, parce qu'elles sont aussi curieuses que singulières :

« L'impression de cet écrit, dit M. de Pradt, finissait en même tems que l'Espagne finissait elle-même; c'est-à-dire la vieille Espagne, car il vient de s'en former une nouvelle, toute jeune, qui fera parler d'elle....,

» Un prince sans un soldat, sans un écu, sans une idée, ne peut résister long-tems, ni aller loin; et il ne faut pas être sorcier pour deviner ce qui l'attend au moindre mouvement.......

» Ferdinand VII vient de subir son 14 juillet. Celui de France se fit par un refus d'action de la part des soldats; celui d'Espagne a eu lieu par leur action directe......

» Les courtisans criaient à l'envi contre quiconque avait l'air de soupçonner ce qui devait arriver. Mille fois j'en ai averti le prince malheureux qui se trouve entré dans une route dont il ne sait pas plus comme il sortira, que pourquoi il y a été porté. Au mois d'août 1819, j'osai lui dire *qu'un destin funeste s'apprêtait à lui faire regretter Valençay*. Mille injures ont payé cet avis que l'urgence des circonstances forçait, de revêtir d'une forme touchante....

» Que M. de Châteaubriant, l'épée de Rodrigue à la main, et sa Chimène sous le bras, aille sauver le roi d'Espagne! Le chevalier est digne du héros. Ce que j'ai dit pour l'Espagne, je le dis pour la France avec la même assurance. Il faut enfin sortir des voies dans lesquelles nous sommes engagés ; il faut changer les conseils, absolument tous ; depuis six ans ils n'ont fait que nous égarer. Le malheur nous a donné le droit de recuser de pareils guides..... »

Déplorons l'aveuglement des gouvernans actuels, qui ne veulent jamais écouter les conseils et les avis de M. l'abbé de Pradt, qui a le talent merveilleux de prédire les événemens lorsqu'ils sont arrivés ; de M. l'abbé de Pradt qui, à lui seul, vaut un conseil entier ; de M. l'abbé de Pradt, sans lequel la machine politique sera toujours engrénée et ne marchera jamais dans la direction que commandent impérieusement le tems et les circonstances.

Voici une anecdote relative à M. l'abbé de Pradt, pendant son séjour à Varsovie, qui, si elle est vraie, prouverait que le désintéressement n'est pas une de ses vertus. Nous laisserons parler le témoin de la scène, dont l'archevêque fut le principal acteur, en prenant la liberté de supprimer quelques détails oiseux ou inutiles qui n'ajoutent aucun intêret à l'action.

« La veille ou le lendemain de Noël 1812, dit notre témoin, quelques jours avant le départ de l'archevêque, je fus prié à dîner chez M. le comte de La.... à Varsovie.

« Madame se fit attendre plusieurs heures ; enfin les grelots d'un traîneau annoncent son arrivée.

« — D'où venez-vous, disait le mari, en la descendant de cette voiture, qui n'était plus qu'un glaçon? Quelle fureur de se faire attendre si long-tems, lorsque vous avez tant de personnes à dîner.

« — Je vous le donne à deviner entre mille, répondit-elle, en ôtant ses pelisses, vous y seriez jusqu'à demain ; mais il vaut mieux prendre notre dîner. J'ai été à l'encan de l'archevêque.

« — Quoi ! à l'encan de l'archevêque de Malines !...

« — Oui, c'est bien de lui que je parle ; c'est bien lui-même qui le fait, cet encan ; il m'y avait invitée ainsi que les autres dames qui étaient de ses assemblées. »

Pendant que l'on servait, madame nous fit voir ce qu'elle avait acheté ; c'était du linge de toutes couleurs, entre autres 20 ou 30 douzaines de *torchons* et *tabliers de cuisine*.

« — Votre archevêque n'est point aisé à mener, ajouta-t-elle : j'ai longtems discuté avec lui avant de pouvoir le faire descendre au prix que je lui offrais; et quand il a été question de payer, il a fait de nouvelles difficultés. D'abord il ne voulait que de l'argent de France ; à la fin, il a accepté notre monnaie, après l'avoir tournée et retournée : c'est un marchand, croyez-moi, qui n'est point aisé à tromper. »

Cette farce, que nous donnait un

ambassadeur , en faisant lui-même son encan , et en daignant vendre de ses propres mains les torchons et les tabliers de sa cuisine , mit les convives dans la plus belle gaîté , gaîté qui redoubla par la bonne chère et le bon vin , qu'on but assez largement.

Un des convives espiègle et malin , qui avait assisté à l'encan , prétendit avoir entendu bien distinctement , de ses propres oreilles , un entretien qui avait rapport à la livrée des gens que le prélat venait de congédier. On discuta l'importante question , si on les laisserait partir avec leur livrée , ou si on la leur enlèverait. Monseigneur l'archevêque était d'avis que la livrée fût retirée, et soigneusement recueillie morceau par morceau.

On lui représenta ce qu'une pareille conduite avait d'abject et de méprisable pour des hommes placés si haut, en évidence par la sublimité de leur rang, et les armes qu'elle fournirait à la malignité pour s'égayer aux dépens de ceux qui s'abaisseraient jusqu'à faire une pareille mesquinerie.

« Babiole que tout cela, répondit » le prélat, après avoir gravement » pesé le pour et le contre : je ne » suis pas d'aujourd'hui; si ces gens » là ont de l'esprit, j'en ai encore » plus qu'eux ; ce ne sont que des » mauvais laquais de place polonais ; » en me servant pendant sept mois, » ils n'ont pas acquis le droit de » garder ma livrée. Voyez, c'est » aussi beau que neuf; je vendrai

» tout cela, ou je l'emporterai pour » m'en servir en France. »

On a lieu d'être surpris, si toutefois quelque chose peut surprendre dans ce siècle, de la jactance de l'abbé de Pradt, dans son histoire de son ambassade dans le grand duché de Varsovie en 1812, et de l'insolence avec laquelle il cherche à dénigrer et avilir celui qui l'avait comblé de bienfaits, et dont il avait dit, dans un fragment du discours qu'il prononça à Notre-Dame de Paris, en 1811, pour l'anniversaire du couronnement de Napoléon :

« La victoire ne s'est arrêtée pour lui qu'aux lieux où finit pour nous l'univers. Elle le suivra partout où il portera ses pas, avec vous, superbes légions de la France, guerriers magnanimes dont les bras redoutés forment autour de son trône et de notre patrie, un rempart impénétrable ; vous qui, formés de l'élite des enfans de cet empire, réunissant les vertus des guerriers et des citoyens, laissez loin derrière vous ce que Rome et la Grèce eurent de plus célèbre ! Depuis vingt ans, et à jamais, vous avez fixé parmi nous la victoire, qui, transfuge de nos drapeaux, s'attachait depuis un demi-siècle à ceux de nos ennemis ; vous avez montré au monde surpris et tremblant, ce que peuvent vos invincibles phalanges sous des chefs dignes de les guider. Si vous êtes sans rivaux dans la carrière des combats, vous n'êtes pas moins distingués par un genre de gloire qui, entre tous les guerriers, n'a encore appartenu qu'à vous seuls. Lorsque la discorde, agitant d'aveugles citoyens, changeant nos cités et nos champs en arènes teintes du sang fraternel, l'honneur de la nation parut réfugié tout entier sous vos drapeaux, comme dans son asile naturel; détournant, en enfans respectueux, vos regards, des égaremens de votre patrie, vous ne vîtes que ses dangers, vous n'écoutâtes que vos devoirs, vous couvrîtes à la fois ses remparts de vos corps, et ses erreurs de vos trophées! Dévouement sublime, tribut admirable de fidélité et de tendresse, vous deviez enfanter des héros!.... Vous avez appris aux nations que leurs vertus, endormies dans les palais, se réveillent sous les tentes !.....»

On ne peut dissimuler que l'éloge que fait M. de Pradt des armées françaises, ne soit aussi vrai que justement mérité; et nous osons le dire, sans pouvoir être démentis, que cet éloge peut soutenir le parallèle de celui qu'en a publié M. le vicomte de Châteaubriant.

Toute la France a retenti des discussions qui eurent lieu, à la chambre des Députés, au sujet de l'admission ou de la non-admission dans cette chambre de M. Grégoire, nommé Député par le département de l'Isère. M. de Pradt, en parlant des élections de 1819, a dit aussi son mot sur l'évêque de Blois.

« Cette élection, dit-il, fut une calamité publique, et celui qui en était l'objet, au lieu d'une persévérance funeste, devait, comme Jonas, demander d'être jeté à la mer pour apaiser la tempête. Beaucoup d'honneur était attaché à ce sacrifice; beaucoup de conformité à son état s'y trouvait aussi. »

Il est malheureux que M. Grégoire n'ait pas consulté l'ex-archevêque de Malines, qui, ayant des expédiens pour tout, n'en a pas lui-tmême trouvé un seul pour se mainenir dans son archevêché.

« La vie du prêtre, dit M. de Pradt, est une vie d'étude et d'application. Tandis que les autres se livrent à la dissipation, il doit se renfermer dans le recueillement. Son état essentiel est la répression du vice; il doit s'en tenir plus loin qu'un autre. »

Cela est juste, cela est bien pensé. Pourquoi donc M. l'archevêque n'a-t-il pas mis en pratique les préceptes qu'il a tracés avec tant de sagesse? *Mon royaume n'est pas de ce monde*, a dit J.-C. Pourquoi ses ministres, entre autres l'abbé de Pradt, ne suivent-ils pas les leçons de leur divin Maître? Pourquoi dispensateurs du spirituel, veulent-ils encore se mêler du temporel? Prier Dieu, catéchiser les enfans, soulager les malheureux, soutenir et consoler la veuve et l'orphelin, et distribuer les secours spirituels à ceux qui les réclament ; voilà les augustes fonctions et les devoirs sacrés imposés à tous les ministres du Seigneur, qui n'a point envoyé ses apôtres au milieu des peuples, pour faire de la diplomatie et des brochures.

On n'accusera pas M. l'abbé de Pradt d'avoir une bonne opinion de tous les gouvernemens successifs qui ont pesé sur la France, lorsqu'on lira le paragraphe suivant, extrait de sa brochure intitulée : *de l'affaire de la loi des élections* (1)

« La France ne fut jamais le pays

(1) 1 Vol 8°. Paris, 1820, Bechet libraire, quai des Augustins, n°. 57.

de la consistance et de la foi politique, et le royaume très-chrétien n'a pas toujours été le plus fidèle. Un de nos rois a dit, sur la bonne foi, la plus belle chose du monde ; aussi avons nous toujours eu sur cette matière l'avantage des plus belles paroles ; mais pour l'effet, on a jusqu'ici usé d'une grande modestie.

» Par exemple, au tems du contrôleur général Emery, la *banqueroute* était au nombre des axiomes politiques et des actes vraiment royaux ; la bonne foi était déclarée bonne pour les seuls bourgeois.

» L'abbé Terray ne perdait pas le sommeil, pas plus pour éviter une *banqueroute*, que pour ne l'avoir pas évitée.

» Les commissions, les créations

étaient d'autres banqueroutes, mais dans l'ordre judiciaire seulement; ce qui les rendait moins mal-sonnantes, attendu la défaveur dont, à son tour, la justice a toujours joui en France. Il en était à peu près de même pour tout le reste. Revenir sur ses engagemens, sur ce qui était fait, ne coûtait rien.

» L'assemblée législative fit *banqueroute* aux principes de l'assemblée constituante. La Convention, ne pouvant faire *banqueroute* aux principes de l'assemblée législative, par la bonne raison que celle-ci n'en avait aucuns, se mit à faire *banqueroute* au ciel et à la terre : on ne sait pas à quoi les successeurs immédiats du directoire n'auraient pas aussi fait *banqueroute*. Heureusement arriva l'empire ; et, comme un empire est bien plus beau que tous les directoires et que toutes les républiques du monde, celui ci fit *banqueroute* à la liberté, à l'égalité, ces deux pauvres sœurs qui, en vérité, ne sont bonnes qu'à se morfondre ; aux conquêtes, à lui-même, enfin, en ne laissant dans son bilan que cette vanité des peuples qu'on appelle *gloire*.

« Depuis ce tems, la passion des *banqueroutes* s'est un peu ralentie ; mais comme il est dans la nature des passions qui ont des racines profondes, de laisser percer des lueurs, comme dans celle des volcans mal éteints, de jeter des flammes, nous nous donnons de tems à autre le délassement de quelques petites *banqueroutes* à certains principes.

Agnosco veteris vestigia flammæ.

On voit que M. de Pradt a voulu un moment s'égayer, en jouant sur le mot de *banqueroute*; mais il en a oublié une bien essentielle, et qui se renouvelle toujours, c'est la *banqueroute* de presque tous les ministres de J.-Ch. aux sages préceptes qu'il leur a tracés avec tant de clarté dans son évangile.

M. Gley, principal du collége d'Alençon, a publié en 1816, une relation de son voyage en Allemagne et en Pologne, pendant les années 1806 à 1813 (1), dans laquelle

(1) Paris, 2 vol. in-8°., chez Gide, fils, libraire, rue Saint-Marc, n°. 20.

on trouve des notes curieuses relatives à l'ambassade de M. de Pradt, archevêque de Malines, à Varsovie, et à *l'Histoire de cette ambassade*..

« Il faut l'avouer, dit notre voyageur, il y a dans *l'Histoire de l'ambassade* des passages remarquables. C'est une élocution facile, abondante, souvent négligée, mais presque toujours brillante : les pensées ont une finesse piquante ; l'action vous entraîne avec elle par la rapidité de ses mouvemens..... L'entrevue avec Napoléon à l'hôtel d'Angleterre, vaut une des belles scènes de Molière. Dans quelques portraits dessinés par notre auteur, on trouve des morçeaux que Tacite ne désavouerait point ; mais ce sont de beaux lambeaux de pourpre cousus, comme dit Horace, à un cyprès, ou à des débris échappés au naufrage; c'est la tête humaine placée sur le col du cheval. Dans cette histoire, tout y est jeté sans sagesse, sans prévoyance; rien n'y est à sa place, etc.

» Je me trouvais à Varsovie, dans une réunion nombreuse, continue M. Gley, lorsqu'on y reçut de Dresde la nouvelle que M. de Pradt venait d'être nommé ambassadeur près du gouvernement du duché. Des polonais qui connaissaient parfaitement Paris et la cour de Saint-Cloud, dirent avec les marques du dépit et de l'indignation :

« Quoi! on nous envoie cet abbé
» de Pradt, l'adulateur le plus éhonté
» qu'il y ait à Saint-Cloud! Il n'est
» occupé qu'à rafiner en flagorne-
» ries. Lorsqu'il voit arriver un jour

» qui peut lui fournir quelque allu-
» sion, il court assiéger le Journal
» de l'Empire, pour y faire entrer
» des colonnes dégoûtantes de flatte-
» rie. Le jour où l'article paraît, il
» se courbe, il se presse vers le
» chambellan de service.... Eh bien,
» dit il, S. M. l'Empereur a-t-il lu
» l'article? Qu'a-t-il dit? c'est MOI
» qui l'ai fait.

» Voilà donc l'homme qu'on nous
» envoie; serait-ce bien à un vil cour-
» tisan que le ciel aurait réservé la
» gloire de venir relever le trône des
» Boleslas, des Casimir et des So-
» bieski? »

Dans son *Petit Catéchisme politique*, M. de Pradt fait les demandes et les réponses suivantes, relativement à M. de Cazes.

« D. Que faut-il penser du ministère de M. le duc de Cazes?

» R. Sa chute est une des plus grandes leçons que l'on puisse offrir à ceux qui suivent la même carrière.

« Un homme d'un esprit remarquable, pourvu de tous les avantages extérieurs, d'un commerce très-gracieux, d'un langage plein d'aménité, dont tous les rapports présentaient une série non interrompue de bienveillance, très-susceptible de concevoir et d'apprendre, très-assidu au travail, très-ami de ce qui contribue à la prospérité et à la décoration d'un pays, entré fort avant dans la faveur de son Roi, pouvant s'élever au-dessus des écueils de la tribune et braver les difficultés des discussions publiques, chéri de la France après le 5 septembre, l'entraînant à sa suite à l'époque du changement du ministère, en 1818; eh bien! insuffisamment protégé par tous ces avantages, ce ministre tombe, pour avoir calculé sur un jeu de partis, sur des transpositions d'hommes d'un côté des chambres à un autre côté, pour avoir négligé le fonds solide et inébranlable qui se trouve dans les choses seules : il a préféré le sable mouvant des intérêts privés au rocher inébranlable de l'intérêt général et de l'opinion nationale; il a cédé au désir de faire prévaloir une volonté du prince sur un intérêt embrassé généralement par une nation; il est tombé victime d'une méprise prolongée, et les combinaisons qui l'ont arraché des côtés de son prince, n'ont frappé qu'un homme déjà depuis long-tems privé d'une vie véritable. La trame de sa vie ministérielle fut coupée le jour où il fit ce choix funeste : ce jour, on vit distinctement la parque ennemie des ministres étendre sur lui son fatal ciseau. »

On sait que M. l'abbé de Pradt fut employé par Napoléon dans les négociations qui eurent lieu à Bayonne, pour l'enlèvement de la famille royale d'Espagne ; lui-même nous apprend dans ses *Mémoires historiques sur la Révolution* de ce royaume, qu'il y joua un rôle ; mais il a soin en même tems de s'y montrer sous un beau côté, et de faire pressentir que si l'on eût suivi ses conseils, tout se serait arrangé à l'amiable, et conformément aux véritables intérêts des puissances alors contractantes. Sans révoquer tout-à-fait en doute les assertions de l'archevêque de Malines, il est permis de croire qu'il était trop fin courtisan pour heurter les volontés du maître, et qu'il a secondé, le mieux qu'il lui a été possible, les projets de Napoléon relativement à l'enlèvement de la famille d'Espagne.

Dans ces Mémoires historiques, M. l'abbé de Pradt nous dit avec une rare bonhomie qu'il ignorait le but auquel Napoléon voulait venir ; ce qui est étonnant d'un prophète ou plutôt d'un devin aussi plein de sagacité que lui. Le tems au reste nous apprendra ce que la *perturbation générale* nous empêche de connaître aujourd'hui, en nous ouvrant l'entrée de ce labyrinthe inextricable d'intrigues, de menées sourdes et de ces ressorts cachés que l'on fit jouer dans tous les sens pour parvenir à l'exécution d'un projet aussi perfide qu'extraordinaire.

Ce n'est pas la coalition qui m'a détrôné, ce sont les idées libérales, a dit Napoléon partant pour l'île d'Elbe. Il a dit aussi à la même époque : *Je ne puis pas me rétablir ; j'ai choqué les peuples.*

Après avoir cité ces deux phrases, M. l'abbé s'écrie d'un ton inspiré : « Princes, peuples, écoutez ! Votre » destinée à tous est également ren- » fermée dans ces paroles. Le voilà

» réduit à reconnaître que c'est pour » avoir choqué la civilisation de » son tems qu'il perd son trône, ce- » lui de tous les hommes auquel il » pouvait être le plus donné de triom- » pher d'elle, si cet affreux privilége » pouvait appartenir à quelqu'un » d'entre eux.

» Croyez ces paroles, parce qu'el- » les sont de l'homme qu'aucun » peut-être n'égala jamais en saga- » cité ; parce qu'elles sont de l'hom- » me qui, n'ayant jamais été égalé » en amour-propre, n'a pu être » amené à un pareil aveu que par » le sentiment des suites irrémédia- » bles de son erreur. *J'ai péché con-* » *tre les idées libérales*, *et je meurs* (1).

---

(1) Rivarol avait déjà dit : *On ne tire pas de coups de fusils aux idées.*

» Voilà le testament, l'amende ho-
» norable du plus grand guerrier,
» du plus puissant Monarque qui
» soit passé sur la terre : il a tout
» renversé, tout soumis, peuples et
» rois ; il s'en est pris aux idées
» libérales, et il meurt. »

Selon Montesquieu, *Le prince imprime le caractère de son esprit à la cour, la cour à la ville, la ville aux provinces. L'âme du souverain est un moule qui donne la forme à toutes les autres.*

» Il y a dans cette assertion, dit M. de Pradt, un rappel évident de ce qui se passait sous Louis XIV. Montesquieu écrivait au crépuscule de ce règne. Dans le tems actuel, il n'y a de fort que les choses. La cour ne peut rien sur la ville, la ville sur les provinces : on en sait autant d'un côté que de l'autre. »

Les écrits de M. de Pradt, dit un de nos publicistes, manquent presque toujours de plan : sa bouillante impétuosité ne veut écouter aucune règle de composition ; le défaut d'ordre l'entraîne dans des répétitions fatigantes, et détruit l'effet des plus heureuses inspirations. Quelquefois il néglige son style au point de devenir d'une trivialité d'autant plus fâcheuse, qu'elle a son genre de prétention.

Dans les *Consciences littéraires d'à-présent*, etc. (1), l'auteur donne

(1) 1 Vol. in-8°., Paris, 1818, chez Plancher, libraire : prix 6 francs.

à M. l'abbé de Pradt, huit degrés de talens, zéro d'esprit et zéro de conscience littéraire. Ce jugement est un peu léger, et nous croyons qu'il n'est guère possible d'avoir de grands talens sans esprit. Quant à la conscience de l'ancien archevêque de Malines, désignée par un zéro, l'auteur peut avoir raison; mais malheureusement, il ne prouve point ce qu'il désigne sur son échelle d'appréciation, et ce n'est point avec des chiffres, mais par des faits, qu'on peut juger dans une matière aussi délicate; et certes il n'y avait pas disette de faits! Pourquoi cette omission?....

En 1811, le 1er décembre, M. l'abbé de Pradt, alors archevêque de

Malines, prononça, dans l'église métropolitaine de Paris, pour l'anniversaire du couronnement de S. M. I. et R. Napoléon, un discours où l'on remarque les passages suivans, bien dignes de l'aumônier du dieu Mars.

« N'est-ce pas lui (Napoléon) qui, portant déjà dans son cœur cette immense famille des français, dont le ciel le destinait à devenir le père, trop juste pour ne point apprécier les effets des discordes civiles, trop fort pour en craindre le retour, trop grand pour s'apercevoir ou se ressouvenir des injures, a rouvert cette France, vers laquelle se tournaient leurs yeux chargés de regrets et de larmes, à tous ceux qui ont voulu y rapporter un cœur vraimen^t^

français, à ceux qui pleuraient avec moi sur les fleuves de Babylone, au souvenir de Sion..........

» Quel cœur pourrait rester froid devant l'attendrissant spectacle que présente une grande nation qui vient remercier le ciel de lui avoir accordé un souverain qui, suivant l'expression d'un auteur célèbre, est à la tête de ses armées plus qu'un général, dans les combats plus qu'un soldat, sur le trône plus qu'un empereur, dans l'administration plus qu'un magistrat, sur le tribunal plus qu'un juge?.........»

Qu'ajouter de plus ?.....

M. de Pradt n'aime point que les femmes se mêlent de politique; leur influence se fait trop ressentir dans les discordes civiles ou religieuses. Le prélat n'a pas tort : « aujourd'hui, dit-il, elles y ont » porté leur exaltation, leurs pas- » sions, leur penchant à se livrer à » l'imagination. Les femmes étant » toute passion, elles ont fait une » politique toute passionnée. Les » femmes, recherchant les émotions » de préférence à la raison, elles » sont devenues la proie des fantas- » magories, que quelques écrivains » font continuellement passer de- » vant leurs yeux ; elles se sont » mises à une nourriture plus forte » que ne le comporte leur com- » plexion. Bossuet, avec ses hautes » contemplations sur la Divinité et » la Providence, le *Conservateur* avec » son ossianisme politique, M. de

» Bonald avec ses ténébreuses pro-
» fondeurs et l'abbé de la Mennais(1)

---

(1) Cet abbé de la Mennais, personnage plus intéressé qu'intéressant, vient de publier par souscription un ouvrage intitulé : *la Bibliothèque des Dames chrétiennes*, auquel, sous peine d'être damnées, les femmes du bon ton et de haut rang doivent souscrire ; c'est de rigueur. En échange de leurs écus, le bon abbé leur garantit l'entrée du Ciel et de toutes les délices ineffables qui sont le partage des Bienheureux. Cette pieuse spéculation a déjà rapporté, à ce que l'on prétend, au susdit abbé une somme de 15,000 francs qu'il a modestement palpés, pour la plus grande gloire de Dieu et le salut des bonnes âmes, enchantées de contribuer à une bonne œuvre. M. la Mennais n'aurait pas trouvé son compte à faire une *Bibliothèque pour les Femmes chrétiennes* du COMMUN, ces femmes viles qui, n'ayant point d'argent, ne méritent pas qu'on s'occupe d'elles un moment, et qu'on leur procure les béatitudes célestes.

» avec ses paradoxes religieux, qu'il
» n'entend pas lui-même, sont de-
» venus les évangélistes des femmes.
» Les écrits de ces hommes forment
» le fonds de leur lecture, et ces
» maîtres ont porté beaucoup de dé-
» sordre dans l'esprit de leurs éco-
» lières. Celles-ci ont sacrifié les avan-
» tages que la nature leur a prodi-
» gués sans partage et sans contes-
» tation, pour un rôle politique
» dont cette même nature les a ex-
» clues, en leur refusant le moyen
» de le remplir. Les femmes ont re-
» noncé à ce qui leur va si bien,
» pour se livrer à ce qui leur va très-
» mal. Les femmes devraient se rap-
» peler que la loi salique leur inter-
» dit le gouvernement, et qu'elle
» a voulu défendre la France du

» *danger de tomber en quenouille.*
» Sous ce rapport nous sommes re-
» venus aux temps de la ligue, de la
» fronde et du jansénisme : Arnaud
» n'eut pas de plus ferventes dis-
» ciples que n'en compte le *Conser-*
» *vateur*, et la duchesse de Montpen-
» sier n'était pas plus incompatible
» avec Henri III, que la plupart
» des femmes du faubourg Saint-
» Germain ne le sont avec un *libéral*
» quel qu'il soit, qui pour elles a été,
» est, et ne sera jamais qu'un révo-
» lutionnaire......... »

Si les nations n'ont point à se louer des *congrès*, dit un écrivain politique, les princes croient peut-être y avoir gagné quelque chose.

M. de Pradt, dans sa brochure intitulée : *Congrès de Carlsbad* croit devoir dissiper l'illusion de ces derniers par des faits qui ont l'Europe entière pour témoin.

« En 1791, l'entrevue ou le congrès de Pilnitz eut pour résultat de ses amphibologies, une froide alliance entre la Prusse et l'Autriche ; mais, en revanche, une chaude alarme en France. Là commença la fermentation, source et prélude de l'épouvantable détonnation dont le monde a retenti pendant 25 ans ; là, commencèrent les grands dangers de Louis XVI. A la vue du glaive qui se levait sur elle, la France s'ébranla, serra ses rangs, aiguisa ses armes, et, comme tout être en danger, brisa tout ce qui pouvait alanguir sa défense, et ne marchanda pas plus sur les agens que sur les moyens de sa résistance : épreuve cruelle, chance inévitable de la part de tout peuple attaqué à la fois dans son honneur et dans son existence; alliance terrible de l'orgueil et de la crainte, qui jette l'homme hors de toutes les voies connues dans l'ordre de l'humanité et des sociétés. Lorsque le glaive est long-tems levé, il s'émousse; on s'acoutume à sa vue; on s'apprête à le détourner, et à lui en opposer d'autres. Pilnitz fut long-tems le glaive montré à toute la France; quand il fut tout-à-fait tiré du fourreau, il avait cessé d'en imposer. Le maniferte du duc de Brunswick, 25 juillet 1792, reçut pour tout accueil des risées et des cris de rage : on avait menacé la France pendant un an entier ; elle répondit par la convention, horrible, mais inévitable ressource.

» Le Congrès de Rastadt com-commença sous les auspices de la peur, continua par des contre-sens, et finit par un assassinat dont une nuit profonde couvrit l'exécution, comme les motifs, avec la main qui le dirigea. La France tant accusée n'a point à rougir d'un attentat pareil.

» A Lille, la politique anglaise s'abaissa à une ridicule comédie. Tout Paris se rappelle, en souriant de pitié, les courriers du lord Malmesbury. Jamais plénipotentiaire n'a tant fatigué de chevaux de poste.

» Le congrès de Vienne, ce grand

encan des peuples, a faussé à jamais la politique de l'Europe, en la plaçant entre deux colosses, l'un sur la terre et l'autre sur mer; il lui a préparé des embarras inextricables; il a substitué la suprématie de la Russie à celle de la France, échange dommageable; il a sacrifié le seul point de défense qui lui restait encore, au dogme inintelligible de la *légitimité extra-nationale*, en même tems que le Nord en renversait les autels que l'on venait de lui élever à si grands frais dans le Midi.

» Le Congrès d'Aix la-Chapelle avait un double objet; évacuer la France, et s'assurer de son état intérieur. Le premier a été rempli avec loyauté. Quant au second, l'apparition à Paris des négociateurs d'Aix-la-Chapelle, ne dut pas laisser de doutes sur les intentions qui les y ameneraient ; et, lorsqu'on vit le plénipotentiaire français se jeter dans une route écartée de celle qu'il avait suivie jusque-là, il fut clair qu'il était à Paris l'exécuteur des intentions secrètes d'Aix-la-Chaapelle. Après avoir paru l'homme de la France à l'égard de l'Europe, il se manifesta l'homme de l'Europe à l'égard de la France : rôle toujours dangereux, et hors de tout succès possible en France. »

Dans le Congrès de Carlsbad, on se proposait aussi deux choses ; d'abord, régler l'organisation intérieure de l'Allemagne, et ensuite considérer l'état moral de cette contrée. La première de ces questions n'a occupé aucunement M. de Pradt; mais il a donné toute son attention à la seconde qu'il a discutée avec autant de sagacité que de profondeur.

M. l'abbé de Pradt n'aime pas les journaux *ultrà* ni les légistes, et il a de bonnes raisons pour motiver son aversion. L'insigne mauvaise foi qu'ils ont fait paraître, en rendant compte de ses ouvrages, dont ils ont tronqué et torturé les passages, pour rendre leur auteur ridicule, demandait des représailles, et le prélat, qui n'a pas la patience et la résignation de son divin Maître, a cru devoir repousser des injures purement gratuites.

« La malice du tems, dit l'ex-» ambassadeur de Napoléon à Var-» sovie, celle qui se compose à la » fois du venin que distille, pour » tout esprit, la plume d'une classe » d'écrivains uniquement occupés de » personnalités et d'inculpations, et » de la doctrine de certains légistes, » qui, au sein du gouvernement » représentatif, ne craignent pas de » dire aux citoyens qu'il est dan-» gereux de s'occuper de politique ; » qu'ils doivent en détourner leurs » études, et se métamorphoser en » prédicateurs de je ne sais quelles » fadaises ou fadeurs, qu'ils ont de » plus la simplicité de leur indi-» quer ; cette malice, disons-nous,

» nous force à rappeler nos droits
» à nous occuper de ce travail. »

A la suite de ce texte, on lit la note suivante :

« Voyez le discours de M. de Vatimesnil, dans les affaires Rioust, Chevalier, Comte et Dunoyer ; voyez les invitations adressées par lui à ces derniers ;

« Voyez les complimens adressés par M. Riffé, aux auteurs des *Débats* et de *la Quotidienne* dans le cours même du procès en calomnie intenté contr'eux et M. le marquis de Blosseville, par un *condamné à mort* ;

» Voyez ce que Montesquieu dit des crimes de lèse-majesté et de leur poursuite.

« Il est bien à remarquer que les

conclusions de MM. les gens du Roi ont été repoussées plusieurs fois par le tribunal.

« Où ces messieurs prétendent-ils nous conduire ?

« Ce qui s'est passé dans ces affaires achève de démontrer l'urgente nécessité du jury en toute affaire où il entre de la politique : *Si le jury n'existait pas dans le monde, il faudrait l'inventer.*

« M. le marquis de Blosseville serait-il le même qui, dans la session de 1815, où il siégeait, prit occasion d'un service éminent rendu par M. Lafitte, pour le dénoncer ?

« Où la rage de la dénonciation pousse-t-elle les hommes ?

« Depuis 1814, le démon de la

dénonciation, de la calomnie, de l'espionnage, est déchaîné parmi nous : ce qne l'on a vu dans ce genre de bassesses d'esprit et de cœur est monstrueux, et, presque toujours, a été commis par des hommes dont les turpitudes ne devaient point être le métier.

M. Lindé, professeur à Varsovie, un des savans polyglottes connus de ce tems, travaillait, depuis un grand nombre d'années, à un dictionnaire polonais, unique dans ce genre. Chaque mot y est expliqué dans l'ancien russe, ou langue lithurgique, en russe moderne, en bohémien, et dans les autres langues sclavonnes. Ces langues, au nombre de treize, trouvent chacune, à chaque mot, des exemples tirés de leur propre littérature.

L'empereur Alexandre donna cinq cents ducats pour couvrir les premiers frais de cette entreprise, à laquelle plusieurs polonais, de la première distinction, contribuèrent avec une générosité digne de l'affection qu'ils vouent aux lettres et à ceux qui les cultivent.

Dans les circonstances malheureuses où se trouvait la Pologne en 1812, cette entreprise languissait. Il s'agissait de faire un fonds pour la publication du cinquième volume : le comte Zamoyski offrit de donner ses deux premiers chevaux de main pour en faire une loterie, au profit de M. Lindé. La proposition fut unanimement reçue; les billets, quoique chers, furent enlevés en peu de tems, et une des belles entreprises littéraires que l'Europe savante ait commencée, se continua sans interruption.

On conseilla à M. Lindé, à cette époque, d'aller voir l'archevêque, et de lui parler de ses inquiétudes. Ce savant crut faire un grand coup d'état, en présentant l'hommage de deux exemplaires de son ouvrage. L'archevêque les accepta, en donnant à l'auteur un..... *Dieu vous le rende*!...

On prétend que c'était toujours dans cette monnaie, par trop légère, que monseigneur payait l'hommage et les dédicaces des ouvrages qu'on lui adressait.

Dans sa Brochure intitulée : *Préliminaires de la Session de* 1817, M. de

Pradt émet ainsi son opinion sur la censure des journaux :

« Dès que vous avez des journaux censurés, vous n'avez plus que des journaux sans autorités ; personne ne se croit plus fondé à y ajouter foi, ni eux à l'exiger. Ils peuvent encore faire beaucoup de mal ; mais ils ont perdu la faculté de faire le bien qui résulte de l'opinion de leur indépendance. Puissans encore pour la calomnie, pour la diffamation, pour tous les genres de personnalités, ils sont impuissans pour la persuasion de la vérité. Et qui, d'ailleurs, répond de ces censeurs destinés à répondre des journaux ? Souvent ce n'est qu'un mal ajouté à un autre mal. Qui peut donner à un censeur le droit d'empêcher la reddition de compte, l'extrait d'un ouvrage que l'autorité n'a point empêché de paraître, et que la justice n'a point soumis à la révision ? Il déplaît au censeur, aux souffleurs des censeurs; il doit être étouffé.

« Sans rouvrir une discussion épuisée depuis long-tems, il suffit d'observer que le besoin de communiquer sa pensée est si vif, si général, qu'il ne peut que s'accroître par l'opposition à tout ce qui l'entrave ; qu'il sait tout tenter pour franchir les barrières qu'il est sans exemple ; qu'elles aient suffi ; que l'opposition porte à la fraude, à mille déguisemens plus funestes que le mal que l'on entend prévenir ; qu'elle st la guerre d'un contre tous, et par conséquent la plus inégale de toutes les guerres.

Réflexions politiques de M. l'abbé de Pradt.

1°. La perte ou le gain des États est le prix de cette espèce de jeu qu'on appelle *la guerre* ; quand on ne veut pas y perdre, il ne faut pas y jouer.

2°. Dans le gouvernement représentatif, le prince a plus besoin d'éclat que dans le gouvernement arbitraire. Car dans celui-ci, il est seul : Environné des plus terribles images ; il n'est point exposé à se trouver en face d'aucune autorité, il ne la partage avec personne, et plus il jouit du solide du pouvoir, mieux il peut se passer de ses prestiges.

3°. Dans presque tous les Etats, on se borne à produire des actes conformes ou contraires, tout comme on peut, aux principes du gouvernement que l'on dit avoir : on presse, ou pousse, la machine marche ou cahotte, et lorsqu'elle est arrêtée, on la remet en mouvement à force de bras, en écrasant qui de droit; on recommence ensuite cette savante manœuvre, en se félicitant de ce glorieux succès, et dans ce cas on appelle cela gouverner.....

4°. Le principe de presque tous les maux parmi les hommes, est qu'en ayant l'air de faire une chose, ils en font réellement une autre. L'erreur provient, ou de l'ignorance, ou de l'inobservation des principes de cette chose même..... Lorsqu'on bâtit sans proportions, sans régularité, la frêle construction croule d'elle-même.

5°. A mesure que le peule connaît

mieux la nature de son gouvernement, il en suit mieux les mouvemens, il en apprécie mieux les effets, il s'y attache davantage. Par toutes ces raisons, la masse du peuple n'a pas d'autres principes de jugement, ni d'autres mobiles d'affections.

6°. On peut juger l'esprit d'un gouvernement par un acte, comme celui d'un homme par un mot.

7°. Les partis proviennent presque toujours de la faiblesse des gouvernemens et des suites des grandes crises politiques; et leur but ordinaire est le pouvoir, et leur effet nécessaire dans un pays est de l'affaiblir au dedans et au dehors.

8°. En France, comme en Europe, la perte de Napoléon date des événemens de Bayonne : les esprits se retirèrent de lui, la fortune l'abandonna, ses grandes prospérités s'arrêtèrent ; bientot l'édifice de ses grandeurs s'écroula, et sur ses ruines il fut écrit que, hors de la morale et des droits des peuples, il n'y a que des abimes.

9°. Ce qui est bon en morale, ne l'est pas moins en politique. N'agir qu'en vue du tems présent, c'est n'agir en vue d'aucun tems. N'agir que pour soi, c'est n'agir pour personne, et pas même pour soi.

10°. Il faut bien se garder de confondre le pape, chef du culte catholique avec la cour de Rome : le premier doit toujours être un objet de respect, et la seconde un sujet de défiance ; il y a aussi loin de l'une à l'autre, que de la religion à la chancellerie romaine.

11°. Les *congrès* sont au corps politique ce que les assemblées des médecins sont pour les individus dans une maladie. Plus le cortége curatif est solennel et nombreux, plus le patient est mal en point. De même pour les congrès : plus ils sont fréquens et composés d'un grand nombre de personnes, plus il y a à parier contre la santé du corps politique.

12°. Un peuple accablé d'impôts ne se soucie guère de l'espèce de gouvernement sous lequel il vit, ou plutôt sous lequel il souffre ; l'un ne lui ferait pas plus de mal que l'autre.

13°. En Angleterre, l'opposition parle sans cesse, en termes menaçans, de responsabilité, de mise en jugement, de glaive de la loi. On dirait qu'au sortir de chaque séance, le ministre va être appréhendé au corps, et conduit à la tour. Rassurez-vous. A force de répéter cette menace, l'opposition la réduit à une formule de langage ordinaire, et à n'être qu'un vain épouvantail. Les oreilles se sont accoutumées à ce fracas, à ce bruit de parler : l'excès a eu son effet ordinaire, le mépris et la désuétude. Abuser, c'est détruire ; et l'opposition, avec la prodigalité de ses menaces, a détruit le réel de la responsabilité. Depuis Hastings, qui a-t-elle atteint ? quelques misérables malversations.

14°. L'histoire des monarchies modernes de l'Europe n'est, pour la plus grande partie, que celle des rois, des nobles et des prêtres, combattant entre eux pour s'arracher le pouvoir, ou quelques lambeaux de terre. Le retour continuel des mêmes actions, dont l'intérêt est concentré entre des combattans aussi aveugles, aussi perfides les uns que les autres, enlève à l'histoire de ces tristes tems tout ce qui attache dans celle des peuples qui, à travers les mêmes monumens de barbarie, laissent cependant apercevoir des traces d'institutions et de combinaisons dans leur gouvernement.

15°. Quand on parle de démocratie de France ou d'Europe, de révolutionnaires et de beaucoup d'autres choses, on ne dit que cela, st l'on ne sait ce que l'on dit. En France, comme en Europe, il n'y a pas de démocratie, mais une tendance générale et uniforme vers l'égalité sociale, base de la grande réformation sociale qui s'opère partout.

~~~~~~~~~~~~

On sait ou on a su que M. l'abbé de Pradt annonça des prétentions à la députation de tous les départemens de la France : à ce sujet, la gazette de France publie la lettre suivante du prélat à un de ses amis, dans laquelle, en lui faisant part de son triomphe à la Cour d'assises de Paris, il se promet bien que ses concstoyens du Cantal le choisiront pour leur député.

Paris, 29 août 1820.

« Mon cher M., cette lettre vous est commune avec tous mes conci-
~~~~~~~~~~~~

toyens : lisez-la leur ; répandez-la dans le pays, il faut qu'il sache qu'un de ses enfans vient de lui faire honneur. Le ministère m'a fait traduire devant les tribunaux comme un rebelle et un excitateur à la guerre civile. J'ai été arraché à mes foyers, à un lit de douleurs ; vous l'avez vu. J'ai dû faire 100 lieues ; j'ai passé un mois et demi sous le poids d'une grave accusation. Ma vie, ma liberté, ma fortune et mon honneur ont été compromis. J'ai été dans toutes les bouches, j'ai eu à subir les horribles formalités de la justice ; j'ai dû comparaître devant une cour criminelle : on a donné le scandale d'un archevêque à côté d'une fille publique. Eh bien ! qu'en est-il résulté ? le plus beau triomphe qui ait jamais existé. Une foule immense remplissait le palais ; j'ai paru avec les marques de ma diguité, avec le calme et le courage le plus complets. D'nne voix tonnante j'ai prononcé un discours qui a produit sur l'assemblée un effet magique ; il fallait voir comme on l'écoutait! J'ai quitté la salle un moment pour prendre l'air ; on fondait en larmes ; hommes, femmes, me prenaient les mains, me félicitaient. Au moment où je rentrai, *chapeaux bas*! a-t-on crié, *le voilà*! C'est le plus beau jour de ma vie.

Pendant cinq heures mon ouvrage a été commenté là de suite : on n'entendait que cela : *Comme c'est beau! comme c'est vrai ! comme c'est courageux*!... Pendant cinq heures, l'auditoire parut transporté : dans l'intervalle que le ministère public a parlé contre moi, il a été lu. Pendant que les jurés délibéraient, ce qui a duré 25 minutes, j'ai été accablé de félicitations ; vingt personnes que je ne connaissais pas m'ont abordé en me disant : *Vous êtes le premier homme de notre pays*! Pendant cinq heures, les avocats m'ont élevé jusqu'aux nues ; ils m'ont couvert d'éloges que je ne méritais pas ; ils semblaient prendre à tâche de me venger : le jury était très-mauvais ; mais il n'était pas libre de me condamner, tant l'opinion était prononcée ! Lorsqu'il a prononcé *non coupable sur les trois points*, il fallait entendre les applaudissemens ; j'ai été couvert de larmes, d'embrassemens ; mille mains pressaient les miennes ; et, lorsque j'ai voulu traverser la salle, on enten-les cris : *A bas les chapeaux*, *vive de Pradt*, *vive Monseigneur l'archevêque notre défenseur*, *le premier citayen français* ! La foule entière m'a suivi jusqu'à ma voiture ; elle remplissait le passage, couvrait l'escalier de la grande cour. J'ai été obligé de me mettre entre les gendarmes pour pouvoir passer. Lorsque j'ai été en voiture, mille mains se sont présentées à la portière : le peuple suivait la voitute en criant : *Vive de Pradt* ! Il n'y a eu rien de pareil depuis qu'il y a des procès. Un avocat a proclamé que je venais de changer un *banc d'ignominie avec un trône de gloire*, ce sont ses expressions ; elles ont été couvertesd'applaudissemens. Monsieur, j'ai tâché de faire honneur à mon pays ; dites-le à vos concitoyens. J'aurai le choix des députations en France; mais je resterai fidèle à celle du Cantal, s'il veut bien me nommer : après un triomphe comme celui-là, je n'y vois plus d'obstacles.

« Je me porte bien ; je partirai le 4 pour le Breuil : je vous envoie cinq exemplaires de mon livre ; 1°. pour vous ; 2°. pour M. D. ; 3°. pour M. D.; 4°. pour M. F.. ; 5° pour M. B.

» Hier, j'ai renversé le ministère assez sot pour faire un procès semblable ; hier, j'ai émancipé la presse ; hier, j'ai rendu un service éminent à mon pays ; hier, j'ai pris place dans l'histoire ; hier, ma réputation s'est centuplée : je suis bien résolu de la défendre ou de mourir. Je serai député ; nous verrons le reste, et notre pays n'a rien à perdre à cela. »

D'après cette missive qu'une main amie a pu seule publier, ajoute un des panegyristes du prélat, il est certain, Monseigneur, que le Cantal ne peut décemment se dispenser de vous nommer. Vous avez pour vous les libéraux : ils ont dit de vous dans un de leur manifeste : « M. de Pradt ne peut plus rétrograder ; s'il a péché, il a fait amende honorable.... Il a reconnu qu'il ne faut pas toujours sacrifier au veau d'or (1). »

Quant à moi, par mes discours et par cet écrit qui verra le grand jour de l'impression, j'ai tâché de vous faire le plus de partisans possible parmi les royalistes ; et voici mes raisons :

---

(1) Le guide électoral de Brissot-Thivars.

D'abord l'*Antidote au Congrès de Radstadt*, qui a excité la guerre étrangère contre la France ;

En second lieu, votre obéissance servile envers Napoléon, qui prouve que vous êtes un ami du despotisme, et par conséquent un ultrà-monarchique.

Enfin, votre extrême loquacité : Vous êtes un beau diseur, un causeur très-divertissant ; et quand vous vous trouvez quelque part, il n'y a à parler que pour vous. Si vous êtes nommé député, nous serons donc délivrés des ennuyeux plaidoyers de MM. Manuel, Devaux et compagnie. Vous seul alors occuperez la tribune. On rira du moins. Il y aura donc pour nous, pauvres auditeurs, un profit tout clair..... Touchez-là,

Monseigneur ; vous n'aurez p..
voix.

En 1818, un mauvais plaisant fit insérer, dans la *Petite Chronique de Paris*, l'Epigramme suivante :

Le bon prélat, dont les récits,
Qui dépeignent si bien la Pologne et l'Espagne,
Toujours pour l'éditeur furent œuvres de prix ;
Ne donne rien pour rien : à la retraite admis,
S'il plante maintenant des choux dans sa campagne (1),
C'est, je le gagerais, pour les vendre à Paris.

---

(1) L'abbé de Pradt, était alors à cette époque, dans une de ses terres ; en Auvergne, où, pour charmer l'ennui du matin et du soir, il faisait tout à la fois, de la politique et de l'agriculture.

Où allez-vous, Monsieur l'abbé?
Vous allez vous casser le nez;

OU

Lettre d'un Electeur royaliste à M. de Pradt.

Tel est le titre d'une Brochure qui vient de paraître (1), et dans laquelle l'Auteur s'adresse ainsi au prélat.

Quoi! Monseignaur, l'on dit que vous vous adressez aux libéraux de votre département pour obtenir l'honneur de représenter le Cantal pendant la session prochaine? Y pensez-vous? J'ignore à quel point vous avez bien mérité de cette classe d'électeurs : ce que je sais bien, c'est que les services que vous avez rendus,

(1) Brochure in 8°., Paris et Aurillac, chez les marchands de nouveautés; novembre 1820.

et que vous rendez tous les jours au trône et à l'autel, sont immenses. Oui, Monseigneur, c'est de votre part humilité toute chrétienne que de ne pas vous offrir avec une entière confiance aux suffrages des royalistes. Ils vous porteraient d'enthousiasme, et ne pourraient, à coup sûr, être mieux représentés que par votre Grandeur.

D'abord vous êtes gentilhomme, vous être prêtre; le Roi vous fait une pension de dix mille francs sur la légion d'honneur, dont la grande décoration se joue sur votre sein, à côté de la croix pastorale. Voilà plus de titres qu'il n'en faut, je pense, pour être, je ne dis pas seulement royaliste, mais même un peu ultrà.

Si de vos titres et de vos honneurs,

je passe à vos actions et vos écrits, que de motifs ne vais-je pas encore y trouver, pour vous démontrer, par faits et articles, que vous avez été, que vous êtes et devez demeurer un homme monarchique, un royaliste à trente-six carats, et que personne ne serait plus déplacé que vous dans une réunion libérale?

Malgré l'élégance de votre tonsure, Monseigneur, et la légèreté presqu'enfantine de vos manières, vous avez soixante et un ans bien comptés; et trois ou quatre ans d'élucubrations philosophiques, et même un peu jacobines, ne feront pas oublier cinquante-six ans d'une vie toute consacrée à servir la monarchie, quel que soit le monarque.

» Depuis mon retour de Varsovie, dit l'abbé de Pradt, dans son ouvrage sur la Restauration de 1814, j'habitais Malines ; une lettre de cchet que je trouvai à Paris, m'y avait relégué. Accoutumé, depuis 25 ans, à suivre le mouvement des affaires, à calculer les rapports, à en balancer les chances, à en assigner les résultats, je mettais une extrême attention à suivre les mouvemens de Napoléon dans sa nouvelle carrière que le malheur venait d'ouvrir devant lui : ..... il était curieux de l'observer... »

Il eût été aussi curieux d'observer l'archevêque de Malines, qui n'avait vu que gloire et prospérité dans la nation, tant que Napoléon avait pu donner des billets de banque et des évêchés, ne plus voir, lorsque sa caisse et le trésor de ses grâces lui furent fermés, et la nation insultée, horriblement maltraitée, » et qu'il n'y avait plus qu'à opter entre sa perte et la sienne. »

En conséquence, le bon abbé prit la ferme résolution de mettre un terme à une domination qui, « après avoir pris son origine dans les lauriers, finissait par se perdre dans la boue. »

Fiez-vous, après une telle conduite, à des abbés, à des archevêques ! La reconnaissance n'est pas la vertu de tous ces intrigans qui vendraient leur dieu, leur père et leur conscience pour un lingot d'or.

www.ingramcontent.com/pod-product-compliance
Lightning Source LLC
Chambersburg PA
CBHW070859030726
47504CB00005B/1400
* 9 7 8 2 0 1 3 4 8 5 0 3 6 *